요람 新무협 판타지 소설

FANTASTIC ORIENTAL HEROES

마도 진조휘 6

요람 新무협 판타지 소설

초판 1쇄 찍은 날 § 2016년 7월 21일
초판 1쇄 펴낸 날 § 2016년 7월 28일

지은이 § 요람
펴낸이 § 서경석

편집책임 § 고승진

펴낸곳 § 도서출판 청어람
등록번호 § 제387-1999-000006호
등록일자 § 1999. 5. 31
어람번호 § 제2-2671호

주소 § 경기도 부천시 원미구 부일로 483번길 40 서경B/D 3F (우) 14640
전화 § 032-656-4452 팩스 § 032-656-4453
http://www.chungeoram.com
E-mail § chungeorambook@daum.net

ISBN 979-11-04-90901-6 04810
ISBN 979-11-04-90718-0 (세트)

魔刀

마도

6

진조휘

요람 新무협 판타지 소설

FANTASTIC ORIENTAL HEROES

도서출판 청어람

目次

魔刀
마도
진조휘

제51장
전면에 나선 적무영

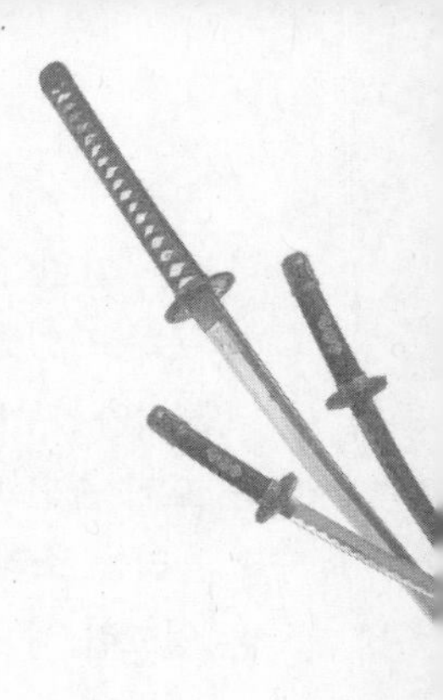

북경.

이 거대한 도시의 구중심처(九重深處)라 할 만한 곳 중 가장 깊은 곳은 자금성 안에 있었다.

그것도 황제의 침실이 있는 전각의 지하에 존재했다. 거처의 존재는 오직 황제를 포함해 동창, 서창, 그리고 금의위의 수장들만 아는 극비 장소다.

그런 비밀 장소를 오늘도 어김없이 찾는 이가 있었으니, 바로 당금 황제인 만력제(萬曆帝) 주익균(朱翊鈞)이다.

조선 전쟁의 배후 중 하나이면서, 오홍련의 총제독인 이화매가 찢어죽이고 싶은 놈 순위 일 위에 꼽히는 광제(狂帝)다.

그런 그의 앞에는 오체투지에 가깝게 포복한 인물이 있었으니, 바로 동창태감 양명(楊命)이었다.

그는 말없이 술잔만 기울이는 젊은 황제의 앞에서 꼼짝도 하지 못하고 있었다.

들어와서부터 지금까지 반 시진이나 흘렀다. 그동안 만력제는 오직 술만 마실 뿐, 그 어떤 말도 꺼내지 않았다.

들리는 소리가 있다면 쪼르르, 탁. 이 소리가 전부였다. 양명은 엎드린 채 눈을 감고 입술을 꾹 깨물고 있었다.

비밀 거처의 내부는 따뜻했다.

한파가 몰아치는 밖과는 전혀 다르게 따스하기 그지없었지만, 양명의 피부에는 오돌토돌 소름이 잔뜩 돋아 있었다. 그는 안다.

만력제가 저렇게 말없이 술을 마실 때는, 반드시 사달이 일어난다는 것을.

만약 주변에 시비들이 있었다면, 그들은 내일 뜨는 해를 맞이할 수 없었을 것이다. 칼바람. 북풍보다 매서운 칼바람이 몰아치기 때문이다.

그렇기 때문에 양명은 지금 목숨의 위협을 느끼고 있었다. 하지만 할 수 있는 건 아무것도 없었다.

뭘 해보고 싶어도 눈앞의 청년은 자신의 목숨을 쥔 현 대명의 황제.

그런 황제의 칼날을 피할 방법은 꾀가 많은 양명에게도 없었다.

그러니 기다리는 게 전부였다.

만력제는 여전히 술만 마셨다.

들리는 소리로 짐작해 보아 벌써 다섯 병 이상을 마신 것 같은데도 멈출 기미가 없었다.

일정한 간격으로 계속 잔에 술을 따르고, 마시고를 반복했다.

제삼자가 있었다면 아마… 긴장감에 숨이 넘어갔을 정도로 분위기는 장난이 아니었다.

술을 마시면서 점차 살심을 품는지, 공간 가득 살기가 퍼지기 시작했다.

그렇게 한 시진.

드디어 황제가 술잔을 멈췄다.

쨍강!

서역에서 넘어온 투명한 술잔이 고개를 처박고 있는 양명의 바로 옆에 부딪쳐 산산이 깨져 나갔다.

조각이 튀며 양명의 볼을 긁어 굵직한 핏줄기를 만들어냈다. 하지만 양명은 꼼짝도 하지 않았다.

지금 황제의 심기는 최악.

그 어떤 행동도 해선 안 되는 상황이다.

"태감."

"예, 폐하."

징조도 없이 나온 부름에 양명은 바로 반응했다. 괜히 질질 끌었다가는, 아마 목숨이 날아갈 것이다.

이곳은 중원 제일의 만마전이라 불리는 자금성. 자신을 대신할 이는 분명 존재할 것이다. 그 부분을 양명은 간과하지 않았다.

"조선 전쟁이 끝났다."

"예, 신도 오늘 올라온 첩지를 보았나이다."

"태감은 삼 년을 예상하지 않았나?"

"예, 신의 예상으로는 빨라야 이 년으로 보았고, 못 해도 삼 년은 조선과 왜의 전쟁이 이어질 거라 생각했습니다."

그 예전, 자신이 했던 말이다. 아니, 무인을 죽이기 위한 계략을 생각해 낼 때 했던 말이었다.

조선과 왜를 싸우게 하고, 명은 무인을 모집, 투입해 전란을 통해 희생시킨다.

명의 이동, 전략 등을 첩자를 통해 왜에 전달함으로써 효과적으로 학살할 수 있다고 주장했다.

그런데… 웬걸.

전쟁은 끝났다.

짧아야 이 년. 그렇게 봤던 전쟁이 끝나 버렸다.

해가 딱 지나는 순간 거짓말처럼 조선에 왜군은 더 이상 존재하지 않았다.

살아서 열도로 돌아간 왜군은 정말 극소수. 이번 타격 때문에 왜는 당분간 전쟁은 꿈도 못 꿀 상황이 됐다.

"그랬지. 태감은 삼 년을 예상했고, 그 안에 무인을 보내 죽이자고 했어. 그래서 짐은 그 비열한 성성이 놈에게 비밀 화친을 제의했고."

"……."

스윽.

황제가 다가오는 기척이 느껴졌다.

분명 고개만 삐쭉 내민 것일 거다.

"거기에 얼마나 많은 금은보화가 들어갔는지 아나? 그리고 서신에 내가 고개까지 숙이는 시늉까지 했지."

"죄송합니다, 폐하……."

"아니, 아니, 아니야. 짐은 지금 화를 내는 게 아니야……."

"……."

더욱더 고개를 조아리는 양명.

화를 내는 게 아닐 수도 있다. 벌써 죽이고자 마음먹었으니 마지막 대화를 하자는 것일 수도 있었다.

한마디를 조심해야 하는 상황.

양명은 이를 악물었다.

"대체 왜 이렇게 일이 틀어졌는지를 설명해 봐. 혹시 모른다는 말은 하지 마. 그럼 그대에게는 더 이상 변명의 기회가 없을 것이야."

양명은 감았던 눈을 떴다.

왔다.

이 순간을 살아남을 수 있는 마지막 기회가 왔다.

양명은 그 자세 그대로 숨을 크게 들이마셨다 뱉었다. 그리고 최대한 담담하게 입을 열었다.

"오홍련이 개입했습니다."

"오홍련… 이화매 또 그 계집인가?"

"예, 폐하. 오홍련의 함대가 조선의 동해를 틀어막았고, 이화매 제독이 함대를 직접 이끌고 왜의 보급로를 철저하게 차단했습니다."

"크……."

어이가 없다는 듯이 나온 실소에 양명은 등골이 쭈뼛 섰다.

황제가 가장 싫어하는 단어가 바로 오홍련이다. 그리고 가장 싫어하는 인간이 바로 이화매 제독이다.

두 이름을 꺼내면 언제나 황제의 심기는 바닥까지 떨어진다. 그 단어와 이름 자체가 황제 앞에서는 금기나 마찬가지인 것이다.

하지만 안 꺼낼 수가 없었다. 그 이름을 꺼내지 않으면, 자신의 목숨이 떨어질 판이었으니까.

분노의 대상을 자신에게서 이화매에게 돌려버리는 걸 택한 것이다.

그게 양명이 생각한 유일한 살길이었다. 황제는 실소 이후, 조용했다.

더 말해보라는 뜻.

"이후 오홍련의 공작대가 조선으로 들어갔습니다. 오십의 인원으로 이루어진 부대이며, 특별한 작전을 수행하는 부대라 예상됩니다."

"특별한 작전?"

"예, 요인 납치, 방화, 암살, 첩보 공작 등. 동창이나 서창과 비슷한 부대입니다."

"그래서 그 오십의 인원으로 내륙에서 벌어진 전쟁의 판도를 바꿨다?"

황제의 뒷말에는 비웃음이 실려 있었다.

양명은 다시 긴장했다. 거짓도, 과장도 없이 아주 진실 되게 말해야 한다.

황제에게 올라오는 정보는 모조리 자신의 손을 거친다.

하지만 그 과정에서 양명은 단 하나도 손대지 않는다. 황제가 제일 싫어하는 게 정보 공작이란 걸 알기 때문이다.

그러니 위험해도 사실대로 얘기해야 했다.

"최초의 작전은 왜의 일군이 표적이었습니다. 일군 지휘관 소서행장을 뺀 나머지 지휘관들이 칠 할 이상 암살당했습니다."

"……."

황제의 심기는 여전히 좋지 않았다. 아주 여실히 그 감정이 느껴졌다.

피어오르는 불편한 살기가 자신의 목을 옥죄러 다가오고 있는 것도 느꼈다.

양명은 이를 악물었다가, 다시 입을 열었다.

"이후 포위에는 성공했으나 일주일 만에 포위를 풀고 탈출했다고 합니다."

"당시 일군의 병력은?"

"일만하고 사오천 정도였다 합니다."

"그런데 고작 오십 정도의 소수의 부대가 그 포위를 풀고 도망쳤다, 이 말인가?"

"예, 폐하."

"믿으라고 하기에는… 너무 믿기지 않은 말이라는 걸 태감도 알고 있을 것 같은데."

"한 치의 거짓도 없는 사실이옵니다."

"……."

이후 황제는 침묵했다.

양명은 기다렸다. 황제는 한동안 말이 없었다. 넘어간 것이다.

양명은 후우, 짧은 한숨을 내쉬었다.

고비는 일단 겨우 넘겼다. 이 정도면 반 이상 저승의 문턱을 빠져나온 것과 같았다.

“두 번째 작전은… 이군에서 벌어졌습니다. 당시 길주성을 함락한 가등청정을 지하 비밀 통로를 통해 잠입해 암살하고 유유히 빠져나갔…….”

“아니, 그건 아닌데?”

“…….”

양명은 순간 들려온 말에 입을 닫을 수밖에 없었다. 황제의 목소리가 아니었다. 게다가 처음 듣는 목소리였다.

누구?

하는 생각에 자세를 풀고 일어나려는데,

우둑!

“크…….”

등 뒤에 묵직한 게 얹히더니 뼈가 가볍게 비명을 지르는 소리가 들렸다. 양명은 철퍼덕 엎어지고 나서야 알아차렸다.

등 뒤에 누가 앉았다.

“폐, 폐…….”

“쉿.”

귀 바로 옆에서 들려오는 소름 끼치는 목소리. 모골이 송연해지다 못해 영혼이 빠져나가는 느낌이 들 정도로 무서운 목소리였다.

겨우 고개를 들어 황제를 보니, 황제는 바짝 얼어붙어 있었다.

살짝 벌어진 입과 초점이 안 잡히는 눈은 지금 그가 얼마나 혼란스러운지 잘 보여주고 있었다.

"오랜만이네?"

불청객의 입에서 나온 나직한 한마디.

양명은 그 말에 당연히 의문을 느꼈다.

'오랜만? 초면… 이 아니란 말인가?'

그 생각이 끝나자마자 불청객이 다시 입을 열었다.

"예전엔 잘 자고 있어서 그냥 서신만 놓고 갔는데, 오늘은 이렇게 대화를 하게 됐네?"

흠칫!

서신?

양명은 바로 이 불청객이 누군지 알아차렸다.

무난하던 황제를 광제로 만든 자. 침실까지 스며들어 서신을 전달하고 간 자객.

그것도 수천 금의위와 동창, 서창의 실력 있는 요원들의 경계를 뚫고 들어온 이다.

서신에 적힌 요구가 지켜지지 않을 시, 언제고 황제의 목을 따겠다고 한 괴물. 그자가 지금 나타난 것이다.

바로 의문이 생겼다.

'어떻… 게? 아…….'

하지만 그 의문은 바로 쓸데없는 의문이라는 걸 깨달았다.

천라지망보다도 지독한 경계를 뚫고 들어온 자다. 의심은 할 필요가 없었다.

이자가 그 괴물이다. 현 황제를 무저갱의 공포에 떨어뜨려 미치게 만들어버린 괴물.

"어이, 폐하 나리. 내가 하란 일은 잘하고 있는 거야?"

"그, 그게……."

황제는 불청객, 아니 자객의 말에 대답도 제대로 하지 못했다.

어물거리는 게 누가 봐도 자객의 등장에 완전히 이성을 잃은 모습이었다.

근데 보통 이런 경우에는 누구냐! 소리치든가, 아니면 감히! 짐의 처소에! 이렇게 화를 내는 게 일반적인데 황제는 그러지 않았다.

완전히 공포에 짓눌린 모습이었다.

그럴 만큼 당시의 일이 심마로 강렬하게 남아 있던 것이다.

누군지도 모르는 그에게 절대적인 공포를 느끼고, 복종하는 마음마저 생겨 버렸다. 아마 본인도 모르는 사이 조용히 피어난 본능일 것이다.

자신의 목숨을 손에 꼭 쥐고 있는 자.

자객은 황제에겐 그런 존재였다.

"이거야, 원. 등장이 너무 갑작스러웠나? 대화가 하도 지지부진해서 좀 이끌어주려고 나왔는데."

"당신은… 큭!"

우둑!

"너한테 하는 말이 아니야. 낄 데 껴야지. 그런 것도 분간하지 못해? 쯧."

꿇고 있던 무릎에 압박이 한층 더 가해져 뼈가 비명을 내질렀다.

조금만 더 힘이 가해지면 아마 연골이고 관절이고 죄다 박살 날 것이다.

하지만 그럼에도 양명은 아무것도 하지 못했다. 그도 예전엔 칼을 들었었다.

그것도 일정 수준 이상까지 익혔다. 그런데도 자객에게서는 아무것도 느껴지지 않았다.

단지 목소리에 깃든 무감정, 그 무감정 속에 아주 미약하게 섞여 있는 흥미 정도밖에 느껴지는 게 없었다.

아니, 황제의 심기를 살피며 단련된 감은 그것조차 거짓이라 말하고 있었다.

그 결과 양명의 몸도 솔직하게 반응했다. 아니, 본능에 반응했다. 잘못하면 죽는다는, 지금 이 순간 자신의 목숨을 쥔 자는 황제가 아닌, 자객이라는 걸 깨닫는 순간 일어난 본능이다.

"상태를 보니 제대로 된 대화도 못 하겠네. 좋아, 오늘은 그냥 얼굴만 보는 걸로 끝내자고. 다음 만남은 일주일 뒤로 하자."

"……."

"숨을 생각하지 말고, 막을 생각도 하지 마. 쓸데없는 짓 했다가는 명(明)은 어린 황제가 제위에 오르는 걸 봐야 할 거야."

"……."

살짝 돌려 말하긴 했지만, 아주 지독한 협박이었다.

대명의 황제를 죽여 버리겠다는 말을 아주 서슴없이 한다. 그리고 이자…

양명은 알 수 있었다.

저 말, 진짜 잘못하면 실현될지도 모르겠다고.

슥.

등을 짓누르던 중압이 사라졌다.

자객이 일어난 것이다.

하…….

못 쉬던 숨이 일시에 들어오면서 격렬하게 뛰던 폐를 감싸 안았다.

진정해, 진정하라고. 그러면서 호흡이 진정되어야 하는데, 심장이 지랄이었다.

처음의 등장과는 달리, 물러서는 소리가 들렸다.

터벅, 터벅.

터벅거리는 소리가 공간을 가득 울리다가 갑자기 자객의 말이 들렸다.

"아, 자리 하나 만들어 놔. 되도록 높은 자리로."

"그……."

양명이 그게 무슨 말이냐고 반문하기도 전에 자객은 사라졌다.

꿀꺽, 침을 삼킨 양명이 시선을 힘겹게 다시 황제에게 돌렸다.

"……."

황제는… 이미 기절해 있었다.

제52장

마도, 초심 회귀

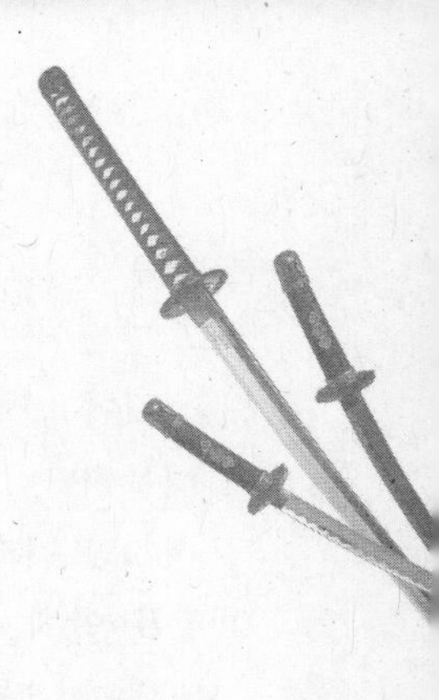

헉헉!

한 여인이 어둠에 잠긴 골목을 달렸다.

그녀의 얼굴에는 절박한 감정이 가득 담겨 있었다.

공포로 인해 거의 이성을 잃기 직전처럼 보였고, 두 눈에서 흐른 눈물은 먼지와 섞여 사십 대에 들어서서도 필사적으로 유지한 얼굴에 흉측한 선을 그어 놨다. 이유는 그녀의 뒤에서 들리는 소리다.

쉭, 쉬익.

쇳소리가 공포의 근원이었다.

헉헉! 헉헉헉!

그래서 그녀는 필사적으로 뛰었다.

분명 잠들 때까지만 해도 내일 있을 '황실' 인물과의 만남 때문에 들떠 있었다.

그 만남이 어렵사리 '빼은' 상단주의 자리를 더욱 공고하게 해줄 것이고, 손에 쥔 부(富)를 더욱 넘쳐 나게 해줄 게 분명했기 때문이다.

하지만 이게 뭔가. 인기척에 깼더니, 밝혀 놓은 호롱불의 불빛에 문 앞에 새까만 그림자가 일렁이고 있었다.

산전수전 다 겪으며 악독하게 살아온 그녀는 즉각 알 수 있었다. 그 새까만 그림자가 자신의 목을 취하러 온 자객이라는 걸.

그래서 바로 도망쳤다. 어떻게 방으로 들어왔는지는 궁금하지 않았다. 그저 도망치는 게 먼저였다. 어떻게든 도망쳐서, 자신의 호위들이 있는 곳으로만 가면 살 수 있을 거라고 생각했고, 그 생각대로 바로 움직였다.

잠은 이미 단숨에 달아난 상태니까, 움직이는 데 지장은 없었다.

하지만 장원은 조용했다.

백 명은 족히 기거하는 걸 아는데, 창문으로 도망쳐 넓은 곳으로 나왔음에도 아무도 없었다. 그래서 그녀는 왜인지 모르지만 열린 문을 넘어 도망쳤다.

그렇게 지금 이렇게 골목길까지 온 것이다.

그녀는 어려서부터 이곳, 산동성(山東省) 청도(靑島)를 헤집고 다녔다.

지금도 보면 어디가 어딘지 딱 알았다. 그래서 본능적으로 도망치기 수월한 거미줄 같은 남문의 빈민촌으로 도망쳤다.

하지만 소용없는 짓이었다.

어둠이 꾸물꾸물 거리면서 갈려 나갔다.

“꺄악!”

화양(貨洋) 상단의 단주 이영(李英)은 어둠에서 불쑥 나타난 복면 자객 때문에 소스라치게 놀랐다. 소리는 분명 뒤에서 들렸는데, 어느새 정면에서 불쑥 나타났기 때문이다. 놀라 엉덩방아를 찧은 그녀는 입을 오물거리며, 수없이 많은 위기에서 그녀를 구해주었던 말을 꺼냈다.

“으, 으으! 왜, 왜 이러세요…….”

처연하게,

가련하게.

사십을 넘게 먹은 그녀지만, 그녀는 태생적으로 동안이었고, 철이 들고 난 뒤부터 해온 기녀 일로 연기 하나만큼은 자신 있었다.

그 연기로 수없이 많은 사내들이 자신의 옷고름을 풀려고 아양과 재화를 갖다 바치게 만들었던 그녀다. 그래서 본능적으로, 눈동자부터 변하고, 상체는 비틀어 보호 본능을 자극하는 자세를 잡았다.

이건 정말 말 그대로 본능이었다. 머릿속은 이미 어지러웠다.

왜?

왜 나를?

그런 생각이 온통 차지하고 있었다.

“화양 상단 이영.”

덜컥!

정체를 알고 왔다.

연기를 하는 와중에도 심장이 쿵 떨어졌고, 입술이 바르르 떨렸다. 그 결과, 그녀의 연기는 더욱더 빛을 발했다.

"흑, 흐윽!"

고개를 푹 숙이고, 울음을 토해내는 이영. 지금 이 순간 그녀는 이 방법만이 유일한 살길이라는 걸 깨달았다.

"이영 맞냐고."

나직하게 나온 말.

말투에 고저가 없어 이영은 다시 한 번 부르르 떨었다.

그녀는 기루에서 숫한 사내에게 술을 따라봤다. 그래서 말투만 들어도 이 사내가 어떤 성격인지 대충 파악은 가능했다. 그리고 그 파악으로 사내들에게 대할 방법을 정했다.

가장 조심해야 할 부류는, 바로 두 가지였다.

말이 없는 사람과 말에 고저가 없는 자들. 선배들의 조언도 있었고, 감이 좋은 그녀는 이런 자들을 조심해 왔다. 그녀 나름의 관록이라고 해도 될 능력이다.

"흑, 흐으으……."

다시 한 번 가련한 울음을 토해내려는 순간.

스르릉.

너무나 익숙한 소리가 그녀의 귓속으로 파고들어 왔다. 반사적으로 고개를 드니 복면의 사내가 어느새 손에 도를 뽑아 들고 있었다.

달빛에도 칙칙한 흑색의 단도.

그녀는 깨달았다.
"네, 제, 제가 이영이 맞… 흑!"
대답을 해야 한다고. 하지만 가증스럽게도 끝까지 연기는 포기하지 않았다. 반응은 즉각 왔다.
"이영 맞네. 끌고 가."
어, 어?
빡!
'아, 이게 뭔…….'
뭔 소린지 이해하기도 전에, 후두부에서 느껴지는 강렬한 번쩍임이 그녀의 의식을 순식간에 끊어버렸다.

*　　　*　　　*

화양 상단주 이영을 청도를 벗어나 한적한 곳으로 끌고 온 조휘는 위지룡에게 그녀를 단단히 묶으라고 한 뒤, 그녀의 앞에 굴러다니던 통 하나를 끌어다 놓고 앉았다.
"깨워."
"네."
촤악!
위지룡이 준비된 물을 끼얹으니, 꺄악! 하고 이영이 정신을 차렸다.
물세례를 받고 정신을 차린 이영은 주변을 휙휙 돌아보았다. 천성인지, 아니면 살면서 배운 건지 기회를 엿보는 기질이 있었다.

이영의 시선이 정면으로 돌아, 앞에 앉아 있는 조휘에게 머물렀다.

"누, 누구세요……."

"이영."

"네, 제, 제가 이영이 맞는데……."

"화양 상단 화원상을 독살하고, 그의 정실부인까지 사람을 고용해 강간하고 죽인 뒤 상단을 뺏은 이영."

"……."

흠칫!

그 말에 이영은 순간 몸을 떨다가 이내 멈췄다. 이후 그녀의 얼굴에 떠 있던 가련한 표정은 순식간에 사라졌다.

피식.

조휘는 그 모습에 웃었다.

"그래, 그래야지. 그게 너 같은 년의 본모습이지."

"……."

조휘의 말에 침묵한 채, 표독한 표정으로 이를 가는 이영의 모습은 좀 전과는 완전히 달랐다.

눈빛만으로 사람을 해할 수 있다면, 당장 수천 조각으로 찢겨 나갔을 정도로 악독한 눈빛이었다.

연기 따위는 집어치운 이영의 본 모습이었다.

"누가 시킨 짓이냐. 감이 청도 땅에서 내게 이러고도 무사할 것 같아!"

"누가 시켰냐고? 오홍련의 이화매 제독이 시킨 짓인데?"

"오, 오홍련의 이화매……?"

순간 그녀의 표정이 와장창 깨져 나가더니, 멍한 표정이 되었다.

조휘는 좀 더 통을 그녀의 앞으로 끌고 가 앉은 다음, 얼굴을 쭉 내밀었다.

"어때, 널 죽여도 청도가 아니라 중원 땅 어디서든 무사할 것 같지 않아?"

"그, 그분이 왜……?"

"왜냐니? 그 여자의 심기를 건드렸잖아? 그것도 아주 제대로."

"아, 아냐, 나, 나는……."

산동성에서도 바다에 근접한 곳이다. 내해이기 때문에 왜구의 약탈이 광동성이나, 강소, 절강성보다는 적지만 아예 없는 건 아니었다. 그러니 오홍련의 위명은 이곳에서도 하늘과 같다.

그리고 그게 아니더라도 이화매 제독은 유명하다. 아니, 아예 중원 땅에서 감히 그녀의 명성에 대적할 자가 없을 정도다.

이처럼 표독스러운 이영이라도 이화매란 이름이 나오자 바로 꼬리를 말았다.

혼란스러운 이영의 모습에 조휘는 친절하게 비수를 더 박아줬다.

"화양 상단. 오홍련의 비밀 지부 중 하나였지."

"……."

쿵.

쉬이이익.

그녀에게서 영혼이 빠져나오는 소리가 들리는 것 같았다.

"큭큭! 몰랐지?"

"그, 그게……."

"암, 몰랐겠지. 그러니까 겁대가리 없이 오홍련의 비밀 지부를 집어삼키셨겠지."

"그런……."

빠져나간 영혼은 그녀에게 다시 돌아오지 못하고 뱅뱅 배회했다. 하긴, 이런 충격적인 말을 듣고 정상이면 그게 더 이상한 일이었다.

그 모습을 보며 조휘의 입가에 그려져 있는 미소는 굉장히 즐거워 보였다.

"이화매 제독도 미안하게 생각하고 있어. 돌아가는 판이 너무 어지러워 산동성 쪽에는 좀 신경을 못 썼거든. 그 결과 너 같은 년이 이렇게 일을 벌였고."

"자, 잘못……."

푹.

어느새 뽑혀져 나온 흑악이 그녀의 허벅지를 꿰뚫고 들어갔다.

"꺄아악……!"

반사적으로 튀어나온 비명.

고개를 젖히고 자지러지게 비명을 지르는 이영을 보면서 조휘는 흑악에서 손을 떼고, 다시 백악을 뽑아 들었다.

스르릉.

예리한 소리를 뿜으며 나온 백악이 한구석에서 타오르는 모닥불에 반사되어 소름 끼치는 살광을 뿌려댔다.

"흐악! 흐아악!"

이제는 흐느끼듯 소리치는 이영에게, 조휘가 툭 한마디 던졌다.

"쉿."

"흐윽! 흐그으……."

푹.

멈추려는 노력에도 불구하고, 백악은 그녀의 반대쪽 허벅지를 파고들었다.

"흐, 흐그, 흐으으……."

작살에 꽂힌 물고기처럼 푸들푸들 떨더니, 이내 축 늘어지는 이영. 격렬함을 넘어선 통증이 의식을 또다시 단절시켜 버린 것이다.

"아따, 그년. 좀 조용하라니까."

조휘의 입에서 흘러나온 한마디.

이상했다.

전역 후의 조휘가 아니었다.

어조도 그렇고, 눈에서도 동정이라고는 눈을 씻고 찾아봐도 보이질 않았다. 뒤에 서 있던 은여령에게는 낯선 모습이었다. 하지만 장산과 위지룡에게는 익숙한 모습이었다.

지금 조휘의 모습은 한창 타격대에서 마도(魔刀)의 악명을 떨칠 때와 비슷했다.

새파란 빛이 감도는 눈빛은 물론이고, 말에도 감정이 사라졌던 그 당시의 조휘는… 가히 피에 젖은 살인귀에 버금갈 정도로 무서웠다.
조휘가 그때로 돌아간 이유는, 역시 적무영과의 만남 때문이었다. 그때의 만남은… 조휘의 정신에 지대한 영향을 끼쳤다.
사람다워지던 조휘가, 다시 전역 전의 마도로 단박에 돌아가게 만들 정도로.
"깨워."
"네."
위지룡이 다시 물을 뿌렸다.
"하악……."
이영은 헛바람을 들이키며 다시금 정신을 차렸다. 정신을 차린 그녀는 몸을 부들부들 떨기 시작했다.
한겨울이니 춥기도 할 거고, 극한의 공포에 한기를 느끼기도 할 거고, 그녀를 떨게 만들 것들은 매우 많았다.
특히 눈앞에 있는 조휘는… 그녀의 눈에 사신으로밖에 보이질 않았다.
"사, 살려 주세요……."
"살려달라고?"
"네, 제, 제가 잘못했… 습니다. 흐으, 흐으으……."
"그럼 다시 돌려놔."
"흐으, 으으……."
무슨 뜻이냐는 듯이 눈빛을 본 조휘는 친절하게 풀어서 설명을 해줬다.
"다시 돌려놓으라고. 화원상을 살려놓고, 그의 부인도 다시 살려놔. 그럼 네가 잘못한 건 없어질 거 아냐."

"흐극! 흐으, 그, 그건……."

"왜, 못해?"

그그그극!

조휘가 손을 뻗어 흑악의 도병을 쥔 다음 비틀었다.

끼아아악!

찢어지는 소리가 이영의 입에서 터져 나왔다. 잔인한 행동이었다. 웬만한 독심으로는 엄두도 못 낼 손속인데 조휘는 그걸 너무 편하게 실행하고 있었다.

"그러게 왜 그랬어. 욕심도 적당히 부렸어야지. 다 늙어서 무슨 부귀영화를 누리겠다고 그런 짓을 했냐고."

"끄악! 끼아아악!"

"시끄럽다고, 이 씨발 년아. 사람을 독살하고, 그의 부인은 강간시켜 죽였으면 똑같이 당할 수도 있다는 걸 알았어야지. 안 그래?"

말을 하면서도 조휘는 백악의 도병도 쥐고 비틀고 있었다. 그 행동에 근육, 신경, 뼈까지 갈리면서 아마… 이영은 죽고 싶은 심정까지 몰려갔다. 그리고 다시 기절했고, 잠시 뒤 조휘의 명령에 다시 위지룡이 물을 뿌려 그녀를 깨웠다.

축 늘어진 이영.

죽어 마땅한 악녀임에도, 조휘의 고문에 이영의 모습은 오히려 측은해 보일 지경이었다.

"야."

"네, 흐, 네에……."

멍하니 조휘의 부름에 답하는 그녀의 눈에는 이미 생기가 없었다. 한평생을 화류계에서 보냈기 때문에 눈치 하나는 빨랐다.

그런 그녀의 눈치는 오늘 이 자리에서 반드시 죽을 거라고 얘기하고 있었다. 그리고 사실은 이화매의 이름이 나왔을 때부터 거의 반 이상 넘게 포기한 상태였다.

"이영."

"네, 네에……."

"내일 누구 만나기로 했지?"

"아……."

이영은 정수리에 벼락이 떨어지는 느낌을 받았다. 통증? 아니었다. 일종의 깨달음이었다. 자신이 내일 만나는 사람, 그 사람이 진짜 이 복면 자객의 목표라는 깨달음이었다.

"싹 불어. 그럼 편히 죽여줄게."

"……."

새파란 살심이 감도는 조휘의 눈.

혹시나 했지만, 그 혹시나는 이번엔 자신을 저버렸다. 이영은 알았다. 자신은 이 사내의 고문을 감당할 수 없다는 걸. 그리고 절대 자신을 살려둘 생각도 없다는 걸. 그래서 그녀가 할 수 있는 선택은 딱 하나밖에 없었다.

악착같이 버티는 것.

왜?

말하는 순간 목이 떨어질 테니까.

그날, 길주성 지하 공동에서 적무영을 만난 이후 조휘는 변했다. 아니, 변한 게 아니라 돌아갔다. 그 옛날, 왜구들이 풍신만 봐도 덜덜 떨게 만들었던 그때로. 그렇게 돌아간 원인은 하나, 당연히 적무영이었다.

그 미친놈을 상대하려면, 스스로도 철저하게 미쳐야 한다는 걸 깨달은 것이다.

정상적으로는 절대 잡을 수 없는 놈이었다. 게다가 놈이 보여줬던 무력, 은여령조차 상대가 안 되는 그 말도 안 되는 무력을 보자니, 느슨했던 정신이 단번에, 저절로 조여졌다.

조휘는 확신했다.

적무영, 그놈도 무공을 익혔다고.

그것도 은여령보다 훨씬 심도 깊게.

단순히 미친 게 아니라 막강한 무력까지 보유했다. 놈이 조휘를 살려준 건 그냥 유희(遊戲)였다.

정신이 망가져서, 그 어떤 것으로도 즐거움을 얻지 못한다고 했다. 그래서 살려둔 것이다. 벌레가 꿈틀거리는 게 보고 싶어서. 이유는 정말 그게 전부였다.

감사해야 할 일일까? 솔직히 말하자면 감사해야 할 일이었다.

그건 조휘도 알고 있었다.

하지만… 부글부글 끓는 복수심은 결국 임계점을 넘어 미친년 치마폭처럼 지랄 발광을 떨고 있었다.

조휘는 그걸 억누르지 않았다.

놈을 잡으려면, 자신도 철저하게 미쳐야 한다고 생각했기 때문이다.

또한,

'전역 후 물러졌지.'

전역. 그 단어가 그리도 달콤했던가? 조휘는 순순히 인정했다. 자신이 확실히 물러졌었다고.

단적인 예로, 역시 은여령이다. 예전 같았으면 다신 상종을 안 했을 거다. 억울한 일을 당했기 때문에 그런 부류의 상황을 극도로 경멸, 증오했기 때문이다.

하지만 아무리 상황이 상황이라 해도 지금은 은여령을 용서했다. 근데 그게 정말 당시 상황 때문이었을까? 다른 이유는 없었을까?

조휘는 냉정하게 생각했다.

찬찬히 전역 후 자신의 행동을 살펴봤고, 이내 내린 결과는 단단히 조여 놨던 긴장이 풀렸다는 것이었다.

그래서 조휘는 다시 돌아가기로 했다. 철저했던, 악랄했던, 자비 없던 타격대 시절의 마도 진조휘로.

'어서 찾아와라.'

놈은 형체가 없는 유령 같은 놈.

아마 제 스스로 찾아올 것이다.

남겨둔 재미를 거두기 위해.

그때였다.

그때가 놈의 제삿날이 될 것이다.

"흐아악!"

기절했던 이영이 깨어났다.

그 비명 덕분에 상념이 깨졌다.

조휘는 무감정한 눈빛을 막 일어나 부들부들 떠는 이영에게 돌렸다.

이영의 몸은 처참했다. 일단 하의는 벗겨져 있었다. 물론 강간이 목적이 아니었다. 허벅지는 가히… 상상 초월이다.

죽죽 그어졌는데, 흡사 붉은 거미줄이 쳐져 있는 것 같았다. 거기에 소금까지 뿌려 놨다. 아마… 죽고 싶을 정도로 고통스러울 것이다.

그리고 종아리는 방원과 적운양을 죽일 때처럼 살을 저몄다. 아주 천천히, 예리하기로는 그 어떤 보도에도 뒤지지 않는 흑악으로 아주 얇게.

미쳤다고?

자신의 욕심을 채우기 위해 한 가정을 파탄 낸 여자다. 가증스러운 연기로 화원상을 독살하고, 자애롭기로 소문났던 그의 아내를 뒷골목 파락호들을 고용해 강간하게 하고 죽였다.

'그런 여자에게 이런 짓을 하는 게 뭐가 나빠?'

비인류적이라고?

도덕적 양심도 없냐고?

조휘의 인성은 타격대 시절로 돌아가 버렸다. 그러니 그런 걸 따질 리가 없었다.

'악은 악으로…….'

씨익.

조휘의 웃음을 본 이영은 단숨에 자지러졌다.

"흐극! 흐아악……!"

여인이라 꺅! 꺅! 비명이 나올 것 같지만, 실제는 아니었다. 사내보다 더욱 거친 쇳소리 섞인 비명이었다. 죽음의 공포 앞에서는, 지옥에서 느낄 법한 고통 앞에서는 예쁜 척이고 나발이고 아무것도 소용없었다.

"그거 붙잡고 늘어진다고 네가 살 희망은 없어."

"살려 주세요… 사, 살려 주… 제발, 제발……."

이영은 온몸으로 빌었다. 사지가 꽁꽁 결박당해 있는데도 어떻게든 이마를 땅에 처박으려 애쓰면서 필사적으로 빌었다. 피식. 그 모습이 또 조휘의 입에서 조소를 이끌어냈다. 참 간사한 여자였다.

눈빛을 보니 이미 꺾였다.

그런데도 자신이 살 수 있는 희망이, 지금 조휘의 질문에 대한 답이라는 걸 알고는 필사적으로 버티고 있었다. 아니, 정확히는 핵심을 숨기고 있었다. 게다가 당돌하게도 시간을 벌려는 목적도 있었다. 이렇게 지독한 고문을 당하면서도 말이다.

"버티면 된다고 생각해?"

"제발… 사, 살려 주세요……."

"미친 척 계속하면 니가 다 불었는지 믿어줄 것 같고?"

"사, 살려 주세요……."

정신 나간 여자처럼 빌기만 하는 이영.

대단하다.

허벅지를 줄줄이 그어 놨다.

종아리 살은 포를 떴다.

그런데도 버티고 있었다.

악착같이, 정말 아교풀처럼 끈질기게 버티고 있었다.

아는 거다.

말하는 순간 볼일이 끝나고, 목이 날아간다는 걸.

"대단하네. 인정한다, 인정해. 하긴 그 정도 되니까 상단 하나를 통째로 집어삼켰지. 듣기로는 화원상 그도 꽤나 괜찮은 사람이라던데. 구워삶으려고 대체 얼마나 노력했을까?"

"사, 살려 주세요……. 제가 정말 잘못했습니다……. 제, 제발……."

"지랄하네, 아주 지랄을 해요."

조휘의 시선이 위지룡에게 향했다.

그러자 위지룡은 잠깐 멈칫했다. 그도 이 정도로 잔학한 조휘의 모습은 정말 오랜만이었기 때문이다. 위지룡이 멈칫하자 조휘는 피식 웃고는 몸을 일으켜 이영에게 손을 뻗었다.

이영은 그 손길에 즉각 반응했다.

"악! 살려 주세요! 아악! 으아악!"

"싫어, 죽일 거야. 꼭 죽여줄게."

그리 귀에 소곤거려 주었다. 그 말에 이영의 몸이 빳빳하게 굳자 바로 상의를 잡아 찢어버리는 조휘.

부욱! 부우욱! 두어 번 힘을 쓰자 이영의 상체가 적나라하게 드러났다. 창고의 은은한 불빛에 반사되는 여체라… 단언컨대, 절대 성적으로는 보이지 않았다. 조휘에게는 그런 건 안중에도 없었다.

마귀에게 대항하기 위해 마귀가 되기로 했지만, 그래도 최후의 선은 분명히 정해 놓았다.

"관리 잘했네."

"제, 제발……."

"매끈매끈해, 아주. 그 몸에다가 얼마나 돈을 처발랐을까? 그리고 그 돈은 어디서 나왔을까?"

"사, 살려……."

"좋은 사람 만났으면 좋은 인생을 살면 될 텐데, 왜 욕심을 부렸을까? 그렇게 손에 하나라도 더 쥐고 싶었어? 뒈지면 가지고 가지도 못할 것들인데?"

"제, 제가 전부……."

"이제 좀 닥쳐라, 씨발 년아. 혀를 뽑아버리기 전에."

"……."

조휘의 낮은 으르렁거림에 이영은 단번에 반응했다. 말은 참 잘 듣는다. 간사하고, 간악한 심성을 가진 여자다. 조휘는 안다. 이영의 심성을. 아니, 비슷한 심성을 가진 새끼들을 수도 없이 겪어봤다.

"들어주니까, 효과가 있는 줄 알았어? 정도껏 했어야지. 응?"

"……."

숨도 못 쉬고 어버버거리는 이영.

조휘는 진짜 이영이 대단하다고 느꼈다.

"보니까, 넌 좀 과하다."

"……."

흑! 흐극!

딸꾹질을 하는 그녀는 숨넘어가기 일보 직전처럼 보였다. 조휘는 그 모습에 속지 않았다. 사갈보다 독한 여자다. 이런 순간에도 제 살길을 찾는. 그런 여자가, 그런 것들이 보여주는 겉모습은 단 하나도 믿을 게 없다고 생각했다.

"이것도 과해. 너무 크잖아? 내가 가볍게 해줄게."

스읏.

어느새 손에 들린 흑악이 번개처럼 어둠을 갈랐다.

슉.

"끼아아아악!"

이영이 반사적으로 비명을 내질렀다. 몸이 알고 있었다. 조휘의 손이 움직이면 말로 형언하지 못할 극통이 뒤따라온다는 걸. 그래서 나온 비명이다.

"어, 빗나갔네. 어두워서 그런가?"

"마, 말할……!"

"아냐, 말하지 마, 언제까지 버티나 보게."

서걱!

"흐악! 끄아아악!"

이번엔 정확히 젖무덤 위를 갈랐다. 딱 손가락 한 마디 정도의 깊이로. 붉은 피가 사정없이 솟구쳤다. 쭉쭉 튀어 조휘의 복면에도 덕지덕지 묻었지만 그걸 신경 쓸 인간은 아니었다.

"아, 이제 좀 되네. 자, 반대쪽."

"흐악! 흐아악! 말할게요!

"어, 진짜?"

"네! 다 말할게요! 제발! 아아악!"

이영은 마구 몸부림쳤다. 눈동자는 이미 광기에 사로잡혀 있었다. 왜 그럴까? 당연히 좀 전의 고문 때문이었다. 사십이 넘어서도 탱글탱글한 피부. 악착같이 피부 미용에 투자했을 거다. 하지만 그랬다면 종아리나 허벅지가 갈렸을 때 벌써 무너졌어야 했다.

그럼 대체 왜? 여인이 가지는 특정 부위. 그게 이영이 무너진 원인이다. 조휘는 여인을 고문한 적은 없었지만 들어서 알고 있다. 타격대에 미친놈이 하나 들어왔었다.

여인을 간살한 놈이었는데, 그 미친놈이 자랑스레 떠들었다. 잘나가던 기녀였는데 가슴을 칼로 찔렀더니 다리를 활짝 벌리더라고.

물론 그놈은 그걸 말한 뒤 바로 죽었다.

뒷골목에서 태어나, 기녀들을 어머니로 뒀던 검영의 손에.

그래서 조휘도 알고 있었다.

여인에게 가장 치명적인 부위, 수치심을 자극하고, 가장 지키고 싶어 하는 신체 부위. 그게 이영의 경우에는 가슴이었다.

하지만 말한다고 어디 그대로 들어줄 조휘인가? 조휘는 다짐했다. 악은 악으로. 똑같이 갚아줄 생각이었다.

"아냐, 하지 마. 위지룡, 입에 재갈 좀 물려."

"네."

이번에는 순순히 대답하고 와서 바닥에 떨어진 이영의 옷을 찢어 뭉친 다음 바로 입에 쑤셔 박는 위지룡. 물론 그렇게 입을 막아도 억눌린 신음은 창고가 울릴 정도로 흘러나왔다.

"읍! 우읍! 우우우읍!"

"편히 갈 생각은 버려. 그리고 소리 좀 치지 마. 가슴 좀 갈라졌다고 안 죽어."

“우웁! 우우웁!”

이영은 정말 광증이 골수까지 솟구친 여자 같았다. 온몸을 비틀고 또 비틀며 사정없이 지랄 발광을 떨어댔다. 죽여 달라는 몸부림 같았다.

“진 대주.”

결국 보고 있던 은여령이 나섰다.

“왜?”

“그만해요.”

“지랄. 같은 여자라서? 그래서 나서는 건가? 이만 봐주라고?”

“후우…….”

조휘의 무감정한 말에 은여령은 한숨을 깊게 내쉬었다. 은여령으로서는 조휘의 모습이 도저히 지켜볼 만한 게 아니었기 때문이다. 그녀도 안다. 묶여 있는 저 여자가 얼마나 간악한지.

백검의 기치 아래서 검을 갈고 닦았으니 절대로 용서할 수 없는 여인이다.

하지만 지금 조휘의 행동은 그녀의 기준으로 도를 넘어섰다. 물론, 저 여자가 불지 않은 게 있다는 건 그녀도 안다. 하지만 말한다 하지 않나. 말한다는데 오히려 반대로 말문을 강제로 막아버렸다. 그 이유는 딱 하나.

더 고문하기 위해서다.

그러니 그녀가 나선 것이다.

은여령은 힐끔 고개를 돌렸다. 이화는 한쪽에서 차갑게 굳은 눈으로 상황을 지켜보고 있었다.

그녀에게 이영에 대한 감정은 아무것도 없었다. 이화매와 가깝게 지내며 그녀의 기질을 닮아버린 것이다.

그러니 악인에게 베풀 자비는 당연히 개미 눈곱만큼도 없었다.

"그만 자백을 받아내는 게 좋겠어요."

"왜?"

"이건… 지나쳐요."

"뭐가?"

조휘의 눈매가 스르륵, 가라앉았다. 의도적으로 만들었던 초승달 같던 눈매는 사라지고, 얼음장 같은 마도 진조휘가 전면으로 나섰다.

"나서지 마."

"……."

"내 일이다. 책임도 내가 져. 그러니 나서지 마라."

"……."

그렇게 말한 조휘는 다시 시선을 이영에게 던졌다.

"읍! 으윽!"

"다시 시작할까? 이거부터 자를까? 이제 이 시커먼 거 필요없……."

슥.

조휘는 말을 잇지 못했다.

은여령이 갑자기 앞에 나타났기 때문이다. 그리고 바로 이영의 입에 물려져 있던 재갈을 빼냈다.

이영이 어떻게 나왔을까?

은여령에게 살려달라고 빌었을까?

아니었다.

이영은 바로 다 불었다.

내일 누굴 만나는지, 어디서 만나는지, 무얼 위해 만나는지, 전부 싹 불었다. 그리고 조휘가 궁금했던 게 없어지는 순간, 그녀의 머리는 은여령의 검에 잘려, 허공에 붕 떴다가 땅으로 떨어졌다.

제53장
복수의 서장

청도의 모든 기루가 있는 동쪽 청금로에 일단의 무리가 나타나 시선을 사로잡았다.

인원은 총 넷이었는데, 성비는 사내가 하나, 여인이 둘이었다. 사내는 별다른 특색이 없었다. 시선을 사로잡은 건 앞에 있는 여인 둘이었다. 아니, 여인과 소녀라는 표현이 더욱 어울릴 것이다. 소녀는 여인의 시비로 보였다. 소녀는 매우 귀엽게 생겼지만 시선을 잡아끄는 주인공은 아니었다. 주인공은 바로 가장 앞에서 사뿐사뿐 걸어가는 여인이었다. 말아 올린 후 비녀로 단단히 고정한 머리.

곱게 칠한 화장과 화려한 붉은 홍의 경장은 시선을 단박에 끌어당겨 고정시킨 다음 놓아주지 않았다.

하지만 이 거리에서 여인만 한 미모를 가진 이는 한둘이 아니었다. 산동성에서, 제남성과 태산에 이어 가장 큰 성이 바로 청도다. 그리고 그곳의 청금로에 모든 기루가 모여 있었는데 그런 청금로가 바로 여인이 걷고 있는 길이었다.

웬만한 미모가 아니고서는 잘 돌아보지도 않는 곳이란 소리다. 그렇다면 왜? 여인에게는 신비한 매력이 있었다. 웃음을 파는, 기예를 파는, 몸을 파는 기녀들과는 본질적으로 다른 우아함과 단아함이 있었다. 거기에 더해, 그 두 가지를 뛰어넘는 청초함까지. 미인의 조건을 전부 다 갖추고 있었다.

게다가 당당함.

기녀가 아닌 여인이 온갖 기루가 모여 있는 청금로에 나타났다는 게 시선을 잡아끈 이유였다. 여인이 지나가고 나서야 사람들은 수군거리며 누구지? 누굴까? 새로 온 기녀? 어디 큰 집안의 자녀분인가?

갖가지 의견을 내놓았지만 당연히 그들은 정답은 알 수 없었다.

결정적인 사건이 일어났다. 온몸에 아주 돈을 덕지덕지 처바른 사내가 여인의 앞길을 막은 것이다. 제 딴에는 얼굴에 미소를 그리고는 여인에게 뭐라고 말을 건넸다. 그러나 여인은 그 사내를 그냥 지나쳐 갔다.

으하핫!

하하하!

여기저기서 웃음이 터졌다.

사람들은 그 사내가 누군지 알고 있었다. 청도에서 내로라하는 졸부의 아들. 심성은 사악하지 않으나 하루에 한 번 청금로에 오지 않으면 좀이 쑤시다 못해 앓아눕는다는 아주 유명한 자였다.

그런 자가 퇴짜를 맞았으니 웃은 것이다. 그러나 사내는 포기하지 않고 앞으로 돌아가 여인의 손목을 잡았다.

그 순간.

빠각!

여인의 통렬한 주먹이 사내의 턱주가리를 날려버렸다. 어찌나 세게 들어갔는지 사내의 몸이 붕 떴다 뚝 떨어졌다. 어처구니없는 모습에 잠깐 굳었던 호위들이 여인에게 바로 달려들었지만 결과는 같았다.

빡!

빠각!

단 한 방씩 면상에 꽂힌 주먹에 호위들까지 그대로 침묵해 버렸다. 여인은 다시 제 갈 길을 가기 시작했다. 사람들은 알아차렸다. 여인은 무인이라는 것을. 그것도 청도의 거부가 고용한 무사들을 단숨에 잠재울 만한 실력자.

소문은 일파만파로 퍼지기 시작했다. 그리고 그 소문의 주인공이 된 여인은 어느새 청금로 구석의 한 기루로 쏙 들어갔다. 오늘 하루, 청금로는 여인 때문에 아주 시끄러울 것 같았다.

* * *

"후우."

청양루에 들어선 여인, 은여령은 짧은 한숨을 토해냈다. 그리고 답답하다는 듯 머리와 옷을 매만졌다. 그러다 뒤에 서 있는 조휘를 향해 작고 짧게 물었다.

"정말 그렇게 눈에 띄게 해도 괜찮을까요?"

"괜찮아. 어차피 이 제독이 화려하게 박살 내고 오라고 했으니까."

"그래도… 눈치채고 안 나오면 어쩌죠?"

"걱정 마, 나올 거니까. 어차피 우리의 목적은 놈들과의 거래가 아니야."

"네."

은여령은 짧게 고개를 끄덕였다.

목적은 이영이 오늘 만나기로 한 놈들과의 거래가 아니라, 생포다. 그러니 만나기만 하면 되는 것이다. 그런데 은여령이 굳이 이런 복장을 한 이유는 따로 있었다. 오홍련의 행사를 알리는 것.

그것도 이곳, 청도 땅에 각인시키기 위함이었다. 오홍련의 힘으로 이곳을 장악하는 건 어렵지 않으나, 산동성은 사실 대륙 내해에 가깝다. 이곳은 왜구의 침탈이 그리 잦지 않은 곳이다. 예전에는 다른 성에 비해 별다를 것 없이 약탈을 당했었지만, 이화매 제독이 조선의 남해서부터 거의 길을 틀어막아 놓아 이제는 많이 안전한 성이 됐다. 그렇기 때문에 영향력이 사실 좀 부족한 게 사실이었다. 그래서 이렇게 쓸데없이 화려하게 가는 거다. 소문은 결국 부풀려질 테니까.

은여령은 지금이나 아름답고, 강한 무인이지, 나중에는 흉신악살급으로 변모할 것이다.

그리고 그것 자체가 강력한 경고가 될 것이다. 경고의 대상은… 당연히 현 황제가 될 테고.

"어머!"

오십은 넘어 보이는 여인이 얼굴에 분을 떡칠하고 은여령에게 다가왔다. 그렇게 쪼르르 다가오더니 눈알만 굴려 조휘와 은여령, 이화를 살폈다. 여인 둘에 사내 하나. 그런데 여인이 가장 전면에 서 있다.

복장을 보아하니 돈 좀 있는 여인.

여인이라면 응당 혐오할 거리에 대체 왜 왔을까? 그런 의문이 머릿속에서 물에 탄 먹물처럼 퍼지고 있을 것이다.

"저는 이곳 청양루를 운영하는 루주 청월이랍니다. 호호."

청월은 개뿔.

"특실로 안내해요."

"네! 제가 모실게요. 호호."

그리고 고개를 숙이고 있던 이화가 짧게 말하자, 여인은 바로 대답하고는 엉덩이를 살랑살랑 흔들며 안내를 시작했다. 이번에도 은여령이 앞장섰다. 조휘는 하인처럼 뒤따르기만 했다.

하지만 잘 보면 하인 복장처럼 추레한 흑의 무복을 입고 있을 뿐이지, 하인이 아니었다. 왜? 허리에 쌍악과 풍신을 전부 달고 있었기 때문이다.

기루 전체에는 분 냄새가 짙게 깔려 있었다. 달콤하면서도, 어딘가 자극적인.

조휘에게는 역시나 익숙지 않은 향이었다.

특실은 당연히 건물 최상층부에 있었다. 오 층 건물이었고,

은여령은 오 층에 도달하자마자 안내하던 루주를 툭 밀어냈다.

"어멋! 소, 손님!"

은여령은 기척을 찾았다. 방은 전부 세 개. 좌우, 그리고 정면에만 있었다. 조휘는 빠르게 주변을 살폈다. 인기척 없이 조용했다. 그에 조휘의 인상에 살짝 금이 갔다. 약속 시간에 딱 맞춰 왔다. 아니, 아니다. 일다경 정도 일부러 늦었다. 그래야 놈들이 먼저 와 있을 것이기 때문이다.

근데 인기척이 안 난다? 이건 뭔가 잘못된 거다. 은여령도 조휘와 같은 생각을 했는지 조휘를 돌아봤다. 그 시선에 조휘가 앞으로 나섰다.

"이영이란 이름으로 예약한 방 있지?"

"아, 영이요? 영이 손님이시구나? 호호! 이리로 오시겠어요?"

이영이란 이름을 대자 바로 반응이 나왔다. 평소에 친했는지 이름도 서슴없이 불렀다. 아마 지금은 절대 모를 것이다. 그 친구가 이미 이승을 떠났다는 걸.

정면의 방으로 들어가자 상은 이미 차려져 있었다. 큰 상으로 세 개나 붙여져 있었고, 그 위에 김이 모락모락 나는 갖가지 음식이 올라와 있었다. 조휘가 처음 보는 음식도 엄청 많았다. 하지만 중요한 건 음식이 아니었다.

"여기, 여기로 앉으셔요. 애들은 어떻게 할… 까요?"

마지막 말은 슬쩍 은여령의 눈치를 보며 물었다.

"나중에 일행이 오면 따로 부르지."

"네! 호호!"

간드러지게 웃더니 또 엉덩이를 실룩이며 사라지는 루주. 그녀가 나가자 은여령이 조용히 물었다.

"혹시 저 여자가 알리지 않을까요?"

"상관없어. 들어만 오면 어차피 끝나니까."

조휘는 김이 나는 차를 한 잔 따라 목을 축인 뒤, 다시 일어나 주변을 둘러봤다. 사각형 방. 십 수 명은 들어와도 넉넉할 정도로 컸다. 툭툭, 벽을 쳐보니 묵직한 느낌이 왔다. 나무가 아닌 진흙을 바른 벽이었다.

이 정도면 저격은 걱정이 없을 것 같았다. 총을 써도 벽을 뚫기는 어려울 테니 말이다. 다시 자리로 돌아와 앉자, 이화가 이것저것 음식을 덜어 먹고 있는 게 보였다. 이런 작전에서도 저런 태연한 모습을 보여주는 이화다. 하지만 조휘는 안다. 조선 전쟁 이후 그녀의 성격은 아직 정상으로 회복된 상태가 아니라는 걸.

간간이 침울한 얼굴을 할 때도 있었고, 입술을 질겅질겅 씹을 때도 있었다. 아마, 전쟁의 참상이 심마로 남은 게 아닌가 싶었다. 이화매를 따라 다니며 살육전은 당연히 겪어 봤겠지만, 민간을 학살하는 건 아마 쉽게 보지 못했을 거다. 어쩌면 이화매가 일부러 안 보여줬을 수도 있고.

어쨌든 그녀는 아직 좀 힘이 든 상태였다. 이럴 때는 쉬는 게 맞지만 오히려 이번 임무에 따라나서는 걸 택한 이화다.

이유는 딱 하나.

폐가 되고 싶지 않다는 마음. 그 마음이 단 하나뿐인 이유였다. 그래서 허락한 이화매가 따로 조휘에게 그녀를 부탁했다.

'하지만 고집 있는 성격이지.'

그래서 작전에도 후방에 빼려 했는데, 오히려 은여령과 조휘의 옆에 찰싹 달라붙어 있었다. 이겨내려는 마음 하나로.

쿵.

생각을 강제로 중단시키는 묵직한 진동. 분명히 계단을 다 올라서서 의도적으로 찍은 진각이다. 안 그러면 저런 묵직한 진동이 일어날 리가 없었다.

슥.

이화가 먹던 걸 멈추고 그릇을 내려놨다. 소매로 입을 슥 닦는 순간 그녀의 표정이 일변했다. 아, 나쁘게 변한 게 아니었다. 반대로 웃는 낯으로 변했다. 조휘는 그녀의 표정에 안심한 후, 자리에서 일어났다. 그리고 문과 적당한 거리를 두고 선 뒤, 뒷짐을 지는 자세로 쌍악의 도병을 단단히 쥐었다.

'이영의 말로는 남자 셋이 온다고 했지.'

쿵, 쿵쿵쿵.

의도적인 진동을 일으키며 성큼성큼 오더니, 드르륵! 문을 활짝 열었다. 열리는 순간 이미 조휘는 반응했다.

드러나는 놈들의 인상착의.

'일행의 대장은 염소수염!'

딱 중앙에 놈이 보였다.

파바박!

"억!"

놈이 순간 놀란 것처럼 헛바람을 들이켰다. 그러거나 말거나, 조휘는 이미 직선거리에 있는 놈에게 낮게 쇄도하고 있었다.

"흡!"

묵직한 발차기가 조휘의 턱을 노리고 쭉 솟구쳐 올라왔다. 갑작스러운 기습인데도 놀란 기색 없이 바로 반격을 가해온다. 이게 의미하는 바는 많아야 두 개. 하나는 제대로 훈련을 받은 무사. 다른 하나는 이미 알고 대비하고 있었다는 상황이다. 하지만 어느 거나 상관없었다. 발끝이 턱에 닿기 직전 갈지자로 흩어지듯 움직이는 조휘.

후웅!

턱을 노린 발은 그대로 위로 솟구쳤다.

"반격에 이런 큰 동작은 안 좋아."

스윽.

상체를 쭉 펴는 순간, 조휘는 이미 놈의 옆으로 빠져나와 있었다.

서걱!

말이 끝남과 동시에 허벅지를 흑악으로 가르고,

푹!

상체를 회전시켜 백악으로 놈의 쇄골을 그대로 뚫어버렸다.

"……."

부릅뜬 눈이 조휘에게 향했다.

"호, 참아?"

칼로 베이는 통증은 진짜 장난 아니다. 순간적으로 번쩍하지만, 그다음부터는 작살에 꽂힌 것처럼 온몸이 부들부들 떨리게 된다. 날붙이가 몸에 꽂혀 있을 때는 누구나 공평하게 그런 반응을 보인다.

이후는?

아가리가 열리며 비명을 토해낸다. 이게 일반적이다.

히죽.

웃는 조휘의 눈에 푸른 불길이 솟구쳤다.

화르르 타오르는 귀화(鬼火).

“내가 신음을 잘 참는 새끼들을 잘 알지.”

그럼, 조휘는 아주 잘 안다.

칼로 복부를 쑤셔 박은 다음, 비틀어도 신음을 참아내는 독종들이 있다. 항주에서 조휘를 습격했었고, 유일하게 믿고 따랐던, 생명의 은인이라 할 수 있는 연 백호를 죽인 놈들. 아주 찢어 죽여도 시원찮을 개새끼들.

빡!

은여령의 주먹에 염소수염의 좌측에 있던 놈이 무너지는 소리와 동시에, 조휘의 입도 다시 열렸다.

“동(東)이냐, 서(西)냐?”

말을 마친 조휘의 눈은, 어느새 짙은 마(魔)에 사로잡혀 있었다.

염소수염은 정말 촌각에 벌어진 일에 순간 멍해졌다가, 이내 정신을 차렸는지 흠칫 굳었다.

“힉!”

이후 외마디 비명을 지르며 몸을 돌렸지만, 빡! 너무 늦었다. 이화가 어느새 달려와 놈의 뒤통수를 목도로 통렬하게 후려갈겼다. 캑! 소리와 함께 풀썩 쓰러지는 순간 조휘가 맡았던 놈이 마지막 반격을 해왔다.

조휘의 팔을 뿌리치고, 시선을 마주치며 입술을 오므렸다. 조휘는 그걸 보며 순간 등골을 타고 짜릿한 전류가 흐르는 걸 느꼈다. 반사적으로 피하려다가, 뒤에 은여령과 이화가 있다는 걸 깨닫고는 흑악을 추켜올렸다.

면이 넓지 않은 흑악은 방어용이 아니지만 어쩔 수 없었다. 백악은 아직 놈의 쇄골에 꽂혀 있었으니까.

깡!

딩…….

나지막한 쇳소리와 도면이 진동하는 소리가 동시에 울렸다. 빡! 발바닥으로 놈의 정강이를 툭 차서 밀고, 자세가 무너지는 숙여지는 놈의 머리를 잡아 그대로 무릎으로 쳐올렸다. 콰직! 면상에 제대로 들어간 무릎치기.

고개가 훅 들려질 정도로 강렬했는데도 놈은 신음 하나 흘리지 않았다. 짜르르한 긴장감이 갑자기 팽배하게 차지한 조휘의 표정이 다시금 재미있다는 표정으로 변했다.

"어디 어디까지 버티나 보자."

쿵!

빡!

진각을 제대로 밟은 뒤, 그대로 오른손으로 놈의 턱을 다시금 후려갈겼다. 체중까지 실어 묵직하게 들어간 한 방이다. 피부로 단단한 뭔가가 뒤틀리는 느낌이 가감 없이 전달되어 왔다.

빡!

채찍처럼 휘어들어 간 발차기가 놈의 오금 뒤를 후려치며 자세를 다시 무너뜨렸고, 어느새 흑악을 놓은 왼쪽 주먹이 허리의 반동과 함께 놈의 턱으로 솟구쳤다.

빠각!

우둑!

집요하게 턱을 노리는 이유는 하나였다.

세침(細針)을 이용한 암습을 아예 못 하게 만들기 위함이다. 하지만 이미 이렇게도 반격을 했다. 온몸에 뭐가 더 있을지 모른다는 생각이 깨달음처럼 다가왔고, 그 깨달음은 조휘에게 웃음을 짓게 만들었다.

우둑! 우두둑!

벼락처럼 움직여 의식이 몽롱한 놈의 손목을 꺾어버리고, 우두둑! 우두둑! 팔꿈치까지 같이 꺾어버렸다. 관절이 모조리 나갈 정도로 꺾고, 비틀어 뽑아버렸으니 아마 팔에 힘도 제대로 전달되지 않을 것이다.

하지만 이걸로 안심하긴 일렀다.

"니들은 이걸로 포기할 새끼들이 아니지."

부욱!

놈의 옷을 찢어 입안 가득 욱여넣었다. 이빨 사이에 혹시 박아놨을지도 모르는 독단을 깨무는 걸 막기 위해서였다. 이어서 다시 발목을 잡는 조휘.

은여령도 이번만큼은 막지 않았다.

"히익!"

어느새 깨어난 염소수염이 발목을 잡고 있는 조휘를 보고는 기겁한 신음을 토해냈다. 그에 조휘의 시선이 저절로 돌아가 놈에게서 멎었다.

히죽.

화사한 미소를 그려주고…

"기다려, 넌 좀 있다가 꺾어 줄게."

"사, 살려……."

우두둑!

놈이 살려달라는 말을 꺼내자마자 그대로 발목을 비틀어버리는 조휘.

"흐극! 흐극!"

염소수염은 놀랐는지 딸꾹질을 일으켰다. 조휘는 그걸 보며 확신했다. 염소수염은 아니다. 설령 이영과 만나려 했던 게 진짜 저놈이더라도, 저놈도 진짜는 아니라는 확신이다. 황실이라는 이름을 가진 거대한 나무 아래 수없이 파묻혀 있는 잔뿌리도 못 될 놈이다.

"이화, 다시 재워."

"네이."

입가는 싱글싱글, 그러나 눈매는 무섭게 번뜩이고 있던 이화가 목도를 다시 쭉 들어, 휙 휘둘렀다.

빡!

다시금 들린 통렬한 소리. 놈은 다시 돌 맞은 개구리처럼 늘어졌다. 놈이 쓰러지는 걸 확인하고 조휘는 다시 동에서 온 놈인지, 서에서 온 놈인지 모를 새끼한테 시선을 돌렸다. 어느새 정신을 차렸는지 놈은 조휘를 노려보고 있었다.

피식.

빡!

가차 없이 턱에 꽂힌 한 방이, 다시금 놈의 의식을 뚝 끊어버렸다. 손을 털어 피를 털어 낸 조휘는 품에서 호각 하나를 꺼내 짧게 불었다.

삑!

짧고 날카로운 소리.

이것도 오홍련 개발부에서 자체적으로 만든 호각이었다. 장점은 구조를 모른다면 절대 같은 소리를 내는 호각을 만들 수 없다는 것. 그리고 소리가 멀리 퍼진다는 것. 딱 이 두 가지다. 장산과 위지룡, 그리고 공작대원 넷이 바로 들어왔다. 밑에서 대기하다가 바로 올라온 거다.

"어제 거기로 끌고 가."

"네."

공작대는 바로 세 놈을 포박했다. 놈들의 턱을 꽉 잡아 입안을 확인한 다음 재갈을 물리고, 팔다리를 아주 꼼꼼히 묶은 다음 포대 자루에 넣어 어깨에 걸고 나갔다. 조휘는 백악과 쌍악을 상에 걸쳐 놓은 천을 빼내 닦은 다음 그 뒤를 따랐다.

밖으로 나오자 들어섰을 때 조휘를 안내했던 루주에게 가 완전히 얼어붙은 채 덜덜 떨고 있었다. 조휘의 시선이 스윽, 루주의 눈과 마주쳤다. 범 앞에 선 토끼 같은 눈이다. 아마 이것도 모를 것이다. 청양루를 돌봐주던 것들은 이미 공작대가 싹 쓸어버렸다는 걸. 조휘가 들어온 뒤, 그리고 저 세 놈이 들어선 뒤 바로 공작대가 들어서서 쓸어버렸다. 아주 조용히. 소리도 안 나게.

스윽, 지나치려는데.

"대주, 저년도 쌍년이랍니다."

"뭐?"

위지룡이 계단을 내려가기 전 고개만 슬쩍 돌려 조휘에게 말했고, 조휘가 의문스러운 반문을 했다.

"끼리끼리 논다고, 낮에 잠깐 조사해 봤더니 이영 그년보다 더 하면 더 했지, 결코 깨끗한 년이 아닙니다. 잡아다가 노예처럼 일 시키고, 배에 팔아먹은 여인의 숫자가 아마 전함 하나 끌고 다닐 정도는 나올걸요?"

"……."

그 말에 조휘는 침묵했고, 위지룡은 할 말을 다 했다는 표정으로 계단을 내려갔다. 조휘의 시선이 스윽, 루주에게 향했다. 핏기가 가신 얼굴로 덜덜 떨고 있는 걸 보자 피식 웃음밖에 안 나왔다.

"이야, 가증스럽네."

"그, 그게……."

"이화."

빠각!

이화의 목도가 그대로 뒤통수에 꽂혔다.

피가 쭉 튀고, 발라당 자빠지는 루주의 목을 그대로 밟고, 힘을 줬다.

우둑! 뚝!

"캑……."

이후 가느다란 신음과 함께 혀를 내밀고는 쭉 뻗었다. 즉사는 아니다. 하지만… 살 수도 없을 것이다.

이화답지 않은 잔인한 손속.

은여령은 그에 눈살을 찌푸렸지만 조휘는 덤덤한 얼굴로 고개를 끄덕였다. 악을 봤다. 마를 봤다. 그러면 그 자리서 제거하는 게 답이다. 다시 시선을 돌리고, 제 갈 길을 가는 조휘. 이제 청도에서의 작전을… 마무리할 때다.

*　　*　　*

어제와 똑같은 장소. 이영의 시체는 이미 처리했지만 비릿한 혈향은 아직 창고 가득 진득하게 묻어 있는 곳. 청도 근방 오홍련의 비밀 안가 중 하나다.

세 놈은 각기 다른 기둥에 묶어 놨다. 그중 가장 먼저 깨운 건 염소수염. 이놈이 대장이라고 이영은 불었지만, 조휘의 감은 절대 이런 놈이 대장은 아닐 거라는 확신을 하고 있었다. 그래서 가장 먼저 깨웠다.

잔챙이는 빨리 솎아 내는 게 작업하기 편하니까.

"왜, 왜들 이러시오……. 내가 누군지 알고 이런단……."

말뜻은 호통 같은데, 어조는 애원이다.

꼴을 보니 배짱도 없다. 아니, 이게 일반적인 반응이긴 했다. 죽음을 앞에 둔 범인(凡人)의 반응.

"일단 정체부터 불어봐."

조휘가 어제처럼 통 하나를 놈의 앞에 끌어다 앉은 다음 시큰둥한 목소리로 물었다. 놈은 그 말에 더욱더 바짝 얼었다. 하지만 살고는 싶은지, 아니면 그래도 감은 있는지 덜덜 떨리는 입술을 겨우 열어 대답했다.

"나, 나는… 서, 서창의 군관(軍官)이다!"
"큭!"
그 말에 대번 조휘의 입에서 실소가 흘러나왔다. 군관? 요 근래 들어 알기로는 동창이나 서창이나 군관급은 거의 백 명을 유지한다고 들었다. 그런데 그 백 명 중 이런 놈이 들어간다고?
개도 웃지 않을 헛소리다.
하지만 재미있게도, 놈의 얼굴은 진실을 말하고 있었다. 실제로 놈의 품에서 서창의 군관을 뜻하는 호패가 나왔다. 호패에는 서창의 이인자라 할 수 있는 부례감(司禮監)의 인장이 찍혀 있었다.
황실 기관의 인장은 특별한 인주를 쓴다. 은여령도, 오현도 그걸 보고 딱 고개를 끄덕였으니 가짜는 아니다.
그럼 진짜 이놈이 서창 군관의 호패를 받았다는 소린데, 그게 어떻게 된 건지 조휘는 딱 알 수 있었다.
"꼭두각시네."
"아, 아니다! 나는… 서창의… 군… 흐윽!"
이내 흐느끼기 시작하는 염소수염.
피식.
알고 있던 거다.
자신도 이용당하고 있다는 걸.
하지만 알면서도 따를 수밖에 없었을 거다. 그림이 쭉쭉 그려졌다. 실제 명령자이면서 감시역까지 맡은 게 조휘와 은여령이 조진 놈들이다. 두 놈이 이 염소수염을 옆구리에 끼고 인형처럼 움직인 것이다.

꼭두각시가 되기 전엔 아마 이 근방에서 하급 관리나 했을 것이다. 그러다 재수가 없어 서창에 엮였고, 조휘와 만나게 됐다.

남은 건 하나 밖에 없었다.

조휘의 눈빛에서 흥미가 조금씩 사라지자, 염소수염은 다급해졌다.

"흑흑! 살려 주십시오……! 저는 그저 시키는 일만 했습니다!"

그러더니 울기 시작했다.

목 놓아서 엉엉.

"정말 오홍련의 지부인지 몰랐습니다! 전 그저 저분, 아니! 저 놈들이 이영 그년만 꼬드기면 된다고 해서……!"

"오호, 우리가 오홍련인지도 알고 있었어?"

"정말 잘못했습니다! 다신 안 그러겠습니다! 제발 살려 주십시오!"

애원하는 게 얼마나 빠른지 조휘가 전부 알아먹지도 못할 정도였다. 그리고 놈에 대한 처우도 끝났다. 이놈한테 볼 건 없었다.

"장산."

"네."

"치워."

"네."

장난스레 대답한고는 놈을 포박한 줄을 풀어 끌고 나가는 장산. 그 과정에서도 조휘에세 살려달라고 아예 악다구니를 썼다. 빡! 그러다 기어코 문을 나서기 전 장산의 주먹에 턱을 맞고 쭉 뻗으면서 조용해졌다.

조휘의 시선이 이번엔, 은여령이 제압한 놈에게 향했다.

아직 기절해 있는 놈을 보다가 위지룡에게 시선을 주니 바로 물을 확 끼얹었다. 차가운 물에 화들짝 놀라더니, 두리번거리면서 주변을 살피는 놈을 보니 확실히 제대로 훈련받은 게 분명해 보였다.

조휘가 알아낼 건 사실 몇 개 없다.

이화매가 부탁했던 두어 가지가 전부다. 그리고 남은 건 연백호에 대한 일이다. 그러니 중요한 확인이 남아 있었다.

"질질 끌지 말고 후딱 끝내자."

"……."

"동이야, 서야?"

"……."

동창(東廠)인지, 서창(西廠)인지에 대한 확인이다. 동이면 조휘가 궁금한 걸 어쩌면 알 것이고, 서면… 은여령의 몫이다. 지금도 기세가 짜릿하다. 조휘와 두어 걸음 떨어져 서 있는 은여령의 기세가.

기세 갈무리를 잘하는 그녀가 이 정도로 기세를 뿜을 정도로 분노했다는 뜻이다. 놈은 조휘를 노려보기만 할 뿐, 입을 열 생각은 없어 보였다.

피식.

"그럴 거라 생각은 했다. 니들이 쉽게 입을 열 새끼들은 아니지."

적각이나 청각만큼이나 독종인 새끼들이 바로 동, 서창의 인간들이다. 이놈들은 진짜… 들어갈 때부터 감정을 아예 죽여 놓고 훈련을 시작하는지 정말 인간 같지 않은 모습을 보여줬다. 살이 갈려도, 뼈가 부러져도, 팔다리가 잘려나가도 눈 하나 깜빡하지 않는 독종들. 그러니 고문으로도 입을 열 놈들은 절대 아니었다.

잡히는 순간 차라리 죽을 때까지 버티다, 그냥 죽는다고 들었다. 오홍련 전대 총제독이 직접 잡아서 해봤다고 하니 믿어도 될 거다.

하지만 어쩌나.

"난 꼭 알아야겠는데."

그렇게 말하며 히죽 웃는 조휘의 눈빛에 놈이 눈매를 잠깐 꿈틀거렸고, 조휘는 그걸 놓치지 않았다.

웃음은 더욱 짙어졌고, 조휘는 자리에서 일어섰다.

"어디, 버틸 때까지 버텨봐라."

그 말을 끝으로 조휘는 밖으로 나갔다.

그리고 한 사람이 들어섰다.

이런 일을 대비해, 이화매가 따로 보내준… 고문 기술자였다.

약까지 써가면서 일주일.

두 놈이 자신의 정체를 밝히기까지 걸린 시각이었다.

작전을 끝내고 절강성으로 돌아가는 배 위에서 조휘는 연일 아쉬운 마음을 달래고 있었다. 놈은 입을 열었지만, 조휘가 원하던 동창의 요원은 아니었다. 놈은 서창의 요원. 그래서 놈이 입을 열었을 때 조휘는 놈의 처우를 은여령에게 맡겼다.
동창과 서창.
창단 이념이나 각 단체가 하는 임무는 대동소이하나, 분명 따로 나눠진 단체다. 따라서 정보 공유는 당연히 윗선에서 지시가 내려오지 않는 이상 이뤄지지 않는다. 거기다가 애초에 말단이 고급 정보를 알고 있길 기대하는 게 어리석은 일이다. 그래서 아쉬웠다. 동창이 왜 연 백호를 죽였는지에 대한 단서조차 찾지 못했으니까.
기척이 느껴졌다.
스륵, 스륵.
미끄러지듯이 갑판을 걸어 다가온 이는 은여령. 그녀는 서창의 요원과 대화, 사살 이후 처음 조휘에게 먼저 다가왔다. 조휘처럼 난간에 양팔을 기대는 그녀를 잠깐 보다가, 입을 열어 묻는 조휘.
"좀 알아냈나?"
"아니요."
"아쉽겠네."
"……."
이어진 말에는 짧게 침묵하는 은여령.
대답은 없었지만 그녀의 침묵에서 조휘는 진한 아쉬움을 느꼈다. 그놈이 진짜 군관(軍官)이었다. 정육품직의 벼슬이다. 결코 낮다고는 할 수 없는 위치에 있는 놈인데도 아는 게 없다?
"더 윗선을 조져야 나오려나."
"아마 그래야 할 것 같아요."

"하지만 만나기 쉽지 않겠지. 이번에야 엮였으니 쳤지. 다음에는 우리가 움직이는 걸 알고 있을 테니 쉽지 않을 거야."

"그렇겠죠. 후우."

은여령도 답답한 신음을 흘렸다. 이번에야 확실히 쉽긴 했다. 처음으로 오홍련이 서창을 때린 기습전이다. 처음이니, 경계도 별로 없었다. 게다가 오홍련의 힘이 확실히 약한 산동성에서의 작전이었다. 그러니 더욱 예상하지 못했을 것이다. 하지만 이제는 걸렸다. 군관 사살 소식은 분명 빠르게 위로 올라갈 것이고, 경계도 훨씬 더 올라갈 것이다. 또한 이를 바득바득 갈 것이다.

"근데 정말 괜찮을까요? 황제의 직속 기관인데……."

은여령은 여전히 염려하고 있었다.

당연한 일이었다.

황제의 팔이라 할 수 있는 직속 기관 서창을 때렸다. 이건 반역에 준하는 일을 벌인 것이다. 감히 상상도 할 수 없던 일. 하지만 이화매는 단호하게 지시했다.

"총 제독의 생각대로라면 길길이 날뛸 뿐, 움직이진 않겠지. 잘못했다가는 오홍련과 진짜 전쟁을 벌여야 하니까."

"……."

조휘는 이화매의 배짱에 진짜 감탄했다.

그녀는 상황을 제대로 파악하고 있었고, 이용할 줄 알았다. 명의 반도 지방 민심을 장악한 오홍련이다. 산동부터 시작해 광서까지. 무려 여섯 개 성의 민심을 칠팔 할 이상 장악했다. 이런 상황에 만약 전쟁이 벌어지면?

"오홍련이 황실과 전쟁이 벌어지면 단순하게 절대 안 끝나. 산동부터 광서까지. 여섯 개의 민심은 들끓을 거고, 그건 분명 민란으로 번진다."

"하지만 명의 군은 잘 정련된 정예병이에요. 민병이 상대할 수준이 아니에요."

"민란이야 그렇지만 문제는 그렇게 해도 오홍련을 제압한다는 확신이 없어. 바다로 도망치면 끝이니까. 게다가 오홍련이 만약 발을 빼면? 명의 수군으로는 절대 왜구들을 못 막아. 단 일이 년 안에 피해가 아마 어마어마하게 날 거고, 상황은 아주 최악으로 치닫겠지."

"아……."

"하지만 그것보다 더욱 큰 문제는 오홍련이 독립을 한다든가, 아니면 타국과 손을 잡는 일이지."

"네?"

이건 은여령이 아니라, 근처에 모여서 조휘의 말을 듣고 있던 중걸의 반문이었다. 장산과 참 비슷한 놈이었다.

슥.

상체를 돌려 난간에 등을 기댄 조휘가 말을 이었다.

"북원. 그들과 이화매가 손을 잡는다는 가정을 해 봐."

"네. 그런데 그런 놈들과 절대 손을 잡을 제독이 아닙니다."

"알아. 가정만 해보라고."

"네, 그럼……."

데굴데굴.

조휘의 말을 들은 조장들이 생각을 굴리는 소리가 들리는 것 같았다. 모두 똑같은 고사하는 표정.

쯧쯧.

혀를 차고 답을 말하려는 찰나…

“현재 가장 위험한 만주족을 산해관 너머에 투하하는 상황이 나올 수 있지. 그렇게 되면 최후의 보루라 할 수 있는 산해관이 무용지물이 돼. 산해관이 뚫리면 북경도 넘어간다 봐야 되고. 명이 가장 피해야 할 상황이지.”

다행히 오현이 있었다.

그는 무쇠 같은 주먹을 가졌지만, 연륜과 적당한 혜안을 동시에 가지고 있었다. 공작대에서 조휘가 가장 믿음이 갔다. 조휘는 오현에게 고맙다고 고개를 끄덕여 주고는 말을 이었다.

“저 말이 정답이야. 최악의 상황이 온다면 인간은 무슨 짓을 할지 모르는 거야. 그러니 북원이나 만주족, 그 밖의 소수 부족들과의 협력을 무시할 수 없게 되는 거야.”

현재 산해관 너머는 아주 진창이다.

조휘도 잘은 모르지만, 산해관이 없었다면 북경은 아마 벌써 함락당했을 거라고 이 제독이 말했던 게 기억났다.

그리고 가장 최악은?

“마지막으로 오홍련의 독립.”

아…….

하는 탄성이 줄줄이 흘러나왔다.

조휘가 보건대, 이건 아마 명 황실이 가장 경계하는 상황일 거라 생각됐다. 사실 벌써 독립국의 위용을 보이는 오홍련이다. 조휘가 조선에 가 있던 동안, 이화매도 놀고 있던 건 아니었다. 무시무시할 정도로 세를 불려놓았다.

물론 그렇다고 어중이떠중이들을 끌어다가 채운 게 아니라, 진짜 강병(强兵)들만 받아 무력을 끌어올렸다.

여기서 주목할 건, 그 수가 무려 이만에 가까운데, 그중 일만 오천이 보병, 기병, 궁병, 노병, 총병, 공성병으로 이루어진 지상군이란 점이었다.

"그건 아마 죽어도 막고 싶을 거다. 그러니 최악의 상황인 전쟁은 일어나기 쉽지 않을 거야. 이번에는 먼저 쳤으니 보복한 거고. 우리가 먼저 날뛰고 다니지만 않으면 전쟁은 쉽게 안 일어날 거다. 물론 황제가 완전히 미친 경우는 상황이 다르고."

조휘의 말에 조장들 모두가 음음, 하며 고개를 끄덕였다. 인형 놀이 하는 것 같아 피식 웃음이 나온 조휘였다.

'정말 어마어마한 세력이긴 해.'

조휘가 전역 전 들었던 오홍련은 없었다. 아니, 실제로 파악해 보니 사설 독립 함대라는 말은 절대 안 어울렸다.

무력, 자금력, 정보력, 기술력.

거기에 민심까지.

'없는 건 영토.'

딱 영토만 생기면 진짜 오홍련은 독립국이 될 것이다. 전쟁은 독립에 대한 명분을 줄 수 있는 시발점이 될 수도 있었다.

지금의 오홍련의 힘은 명 황실이 막고 싶어도 막을 길이 없었다. 지금도 중원 각지에서 오홍련의 깃발 아래 모이는 상황.

'아마 피가 마르겠지…….'

그럼 이다음 수순은?

교섭이 될 것이다.

이대로 놔둘 수는 없으니까. 조휘는 이화매에게 직접 듣지 않았지만, 오홍련의 군비 증강이 황제에게 보여주는 무력시위라는 걸 알 수 있었다. 그리고 이번 작전도 마찬가지.

건드리지 마라.

말 그대로 이번 작전은 보복이었다. 물론 조휘나 은여령에게는 다른 의미도 있었지만. 아니, 오홍련에 적을 둔 이유가 그 다른 의미가 원래 전부였다. 조휘는 가족과 연 백호의 복수. 은여령은 사형제의 복수.

지금에서야 느끼는 거지만, 이화매는 복수를 위해서는 정말 최고의 동료였다. 냉정하게 생각하게 된 지금, 연 백호의 복수도 그렇고 적무영 그놈도 그렇고, 결코 쉽지 않을 것이다.

게다가 연 백호의 일은 애초에 황실 첩보 기관인 동창이 개입되어 있다. 조휘가 아무리 날고 긴다 해도 개인의 힘으로 동창의 뒤를 캐기에는 부족한 상황인데 그 부족함을 오홍련의 정보력과 무력, 명성이 전부 받쳐주는 상황인 것이다.

소산에서의 엮임이 오히려 감사해야 할 상황이 된 것이다. 세상일 참 어떻게 될지 모른다더니, 지금이 딱 그 짝이다.

뿌우, 뿌우우.

파수대에 올라 있던 대원이 울린 뿔피리 소리에 조휘의 상념이 깨졌다. 신형을 돌려 보니, 저 멀리 주산군도가 보였다.

*　　　*　　　*

주산군도(舟山群島).

절강성 진해 앞바다에 존재하는 군도다. 약 이백사십여 개의 섬으로 이루어진 주산군도는 수산 자원이 풍부할 뿐만 아니라, 여러 명승지, 그리고 옛 시대의 전설을 수없이 품고 있는 곳이다.

특히나 '검제(劍帝)와 의선녀(醫仙女)'의 전설 때문에 수없이 많은 유람객들이 찾는 곳이기도 하다.

그런 이곳으로 왜 배를 댔을까?

오홍련은 본거지를 옮겼다.

항주의 거점과 이씨세가의 장원은 분타로 쓰고, 본거지는 아예 몽땅 이곳으로 옮겨왔다. 가장 큰 섬인 정해(定海)현 앞에 작은 섬을 통째로 사용해 자리를 잡았다.

수성은 물론 요격용으로도 지어진 본거지에 도착한 조휘는 다시 한 번 오홍련의 자금력, 기술력에 놀랐다.

조휘에게 만약 이런 곳을 침입하라고 하면? 무조건 고개를 저을 것이다. 설명을 간략하게 했지만, 여긴 요새보다 더욱 지독했다.

단언컨대 단 한 번도 이런 곳은 본 적이 없을 정도였다. 외성 둘, 내성 둘로 이루어진 출입 과정은 둘째 치고, 이 네 곳을 빼면 일단 침입로가 없었다.

전부 오홍련의 무사들이 거미줄처럼 퍼져 자리 잡고 있었는데 유기적인 연락 때문에 아예 침입이 불가능했다.

용케 잘 숨어 온다고 해도 사방에 깔린 함정들과 기관들은…

말만 들었는데도 숨이 막힐 정도였다.

거두절미하고 본론만 얘기한다면?

'들어서는 순간 송장으로 나간다.'

조휘가 내린 결론이었다.

이화매가 있는 거점에 도착하자 역시 문 앞에서 양희은이 기다리고 있었다. 조선 작전 이후 한층 가까워져서 그의 얼굴에도 조휘를 반기는 미소가 있었다.

"고생했네."

이렇게 말도 놓고 말이다.

"아닙니다."

"들어가지. 제독님이 목을 빼고 기다리고 있네. 허허."

문을 열고 안으로 들어가면서 조휘는 내부를 다시 한 번 둘러봤다. 전에는 작전 때문에 호출당해 와서 제대로 둘러볼 여유가 없었다.

내부도 마찬가지였다.

끔찍하다 할 정도로 방어, 반격 용도로 지어졌다. 조휘가 고개를 설레설레 젓자 양희은이 기분 좋은 미소를 그리며 말했다.

"건물 외벽은 철판을 덧대 놓아 포격도 버틸 정도지. 내부의 벽들도 마찬가지. 총쯤은 가볍게 막을 걸세."

"점거당하지 않게 조심해야겠군요."

"점거하려면 무시무시한 피해를 각오해야 할 테니, 웬만해서는 그럴 일 없을 걸세. 건물 꼭대기에 반격용 포(砲)도 갖다 놓았다네. 전부 이십 문이나 되지. 탄도 전부 살상용 화염탄이라

군대가 몰려와도 상대가 가능해."

"……."

아찔한 말이다.

이십 문에서 일제 포격하면?

끔찍한 상황이 나온다는 쪽에 조휘는 손모가지를 걸 자신도 있었다. 이화매의 집무실은 이번에도 가장 높은 곳에 있었다.

도착해 문을 열고 들어가니 역시나 익숙한 풍경이 보였다. 서신, 죽간(竹簡)의 산에 파묻힌 이화매다.

"어, 왔어? 거기 앉아서 좀 기다려."

"네."

집무실도 변한 건 하나도 없었다.

어떻게 진짜 무기만 걸려 있고, 일에 필요한 것들만 있다. 진짜 딱 그 정도밖에 없었다. 차가 나오자 딱 마무리를 하고 온 이화매가 서신 하나를 툭 던졌다.

"뭡니까?"

"열어봐."

"오자마자 작전입니까?"

툭하고 불만스럽게 말을 던지자, 피식 웃는 이화매가 손짓으로 훠이훠이, 어서 열어보라고 하는 바람에 결국 열어보는 조휘.

서신에는 진짜 딱 한 줄, 세 단어만 적혀 있었는데, 읽는 순간 조휘의 눈매가 격렬한 반응을 보였다. 입가에도 짙은 미소가 떠올랐다.

적무영(赤無影), 금의위(錦衣衛) 도지휘사(都指揮使).

웃음이 나온다.
간만에 지어보는, 정말 싱그럽고 환한 웃음이었다.

제54장

악마의 능력

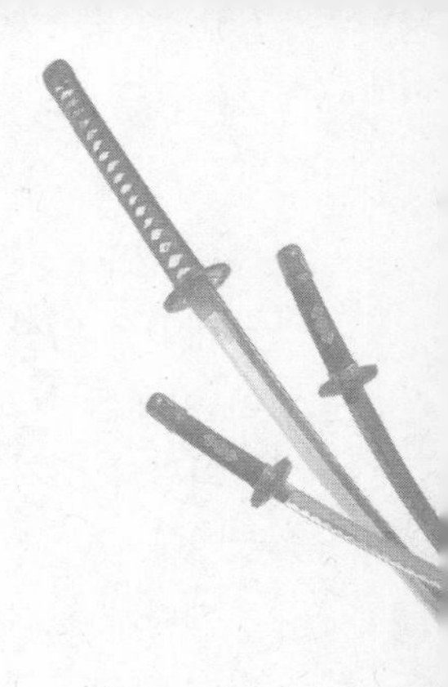

고작 세 단어지만, 뜻을 모를 리가 없었다.

하나는 복수 대상의 이름, 두 번째는 황제의 무력 기관, 세 번째는 그 무력 기관의 관직명. 이렇게 세 개를 합치면…….

'적무영 그 개새끼가 금의위 도지휘사에 올랐다는 말이 되지.'

그놈이 어떻게 금의위의 도지휘사가 됐는지는 중요하지 않았다. 그 자리에 올랐다는 것 자체가 중요하지.

"상황이 더럽게 됐어, 마도."

"……."

조휘는 그 말에 고개만 끄덕여 대답을 대신했다. 이화매의 말이 맞았다. 상황이 진짜 더럽게 됐다. 놈의 무력은 확인했다. 더럽게 강한 새끼. 시꺼먼 뿔을 두개나 달았던 놈은 정말 심하다 싶을 정도로 강했다.

내공을 익힌 은여령조차 놈의 움직임을 쫓지 못했다. 그런 놈이 이제 권력까지 손에 넣었다. 그것도 황실 최강 무력 기관인 금의위의 도지휘사 자리에 앉았다. 수만 금의위들의 정점에 선 것이다.

게다가 황제의 최측근 자리까지. 황군까지 움직일 수 있다고 봐야 했다.

'쉽게 뒤져주진 않겠다는 거지? 큭!'

벅벅.

올라온 짜증에 뒷머리를 긁는 조휘를 조용히 지켜보는 일행들. 말은 안 해도 지금 조휘가 얼마나 짜증 났는지 잘 보여주고 있었다. 기쁜 건 기쁜 거고, 짜증 나는 건 짜증 나는 거다.

"어떻게 할 거야? 죽이러 갈 건가?"

그냥 대놓고 나온 질문에,

"후우."

조휘는 한숨으로 답했다.

앞뒤 못 가리는 놈이었다면 지금 당장 일어나 북경으로 향했을 것이다. 가서 놈의 목을 따겠다고 발악했을 것이다. 하지만 조휘는 그런 성격이 아니다. 길주성 지하에서는 미쳐 발광하긴 했지만, 지금은 아니다. 겪어 봤기 때문이다.

놈은 절대 쉽게 잡을 수 있는 놈이 아니다.

"안 갔으면 좋겠는데. 그 새끼 더럽게 강하다며?"

"네, 진짜 더럽게 강해졌습니다."

유령처럼 움직이는 놈.

이름처럼 그림자조차 남기지 않는 이동은 지금 생각해 보면 소름이 다 돋을 정도였다. 살아남은 게 용했다는 건 조휘도 인정했다. 그때 시계가 느려졌던 것은 지금도 솔직히 의문이었다.

"은성검."

"네."

"어때, 상대할 수 있겠어?"

"힘들어요."

이화매에 질문에 은여령은 즉답을 내놓았다. 은여령은 당시 적무영의 공격을 전부 놓쳤다. 공격은커녕 움직이는 것도 눈으로 좇지 못했다. 그 차이를 은여령은 아주 잘 알았다. 만약 적무영의 공격이 자신에게 향했다면? 조휘처럼 무사히 피할 가능성은 거의 없었다.

후우.

한숨을 내쉰 이화매가 거친 동작으로 짧은 머리를 쓸어 넘겼다.

"천하의 은성검도 자신이 없다라……."

누구에게 하는 말일까?

자신에게?

아님 조휘에게?

이화매의 시선은 다시 조휘에게 향했다.

"가겠다면 보내준다. 하지만 뒤는 책임 못 져."

짧지만 확실하게 자신의 생각을 얘기하는 이화매. 말을 들은 조장들이나 양희은은 이화매가 참 대단하다고 생각했다. 그들은 안다. 이화매가 마도를 영입하기 위해, 아니 단순히 엮어 놓기 위해 얼마나 공을 들였는지. 인재 욕심이 탐욕이라고 정평이나 있긴 하지만, 마도만큼 공을 들인 이들은 사실 거의 없었다. 왜? 오래 안 걸렸기 때문이다. 그런데 그렇게 공을 들인 마도가 사지를 향해 간다는데도 보내주겠다고 한다.

그렇다고 그냥 하는 말도 아니었다. 이화매의 눈빛, 말투는 분명 진심이었다. 그렇게 말하는 이유 또한 이들은 알았다. 마도의 궁극적인 목표는 자신의 운명과 가족을 해친 적무영의 복수다.

그건 마도의 팔다리를 잘라도 포기하지 않을 것이란 걸 잘 알고 있었다. 그렇기 때문이었다. 진정 원하는 게 복수니, 보내주겠다고 하는 것이다. 하지만 뒤는 더 이상 봐주지 않겠다고 한다.

이 철혈의 여인은 진짜 공과 사가 극과 극이라 할 정도로 너무나 뚜렷했다.

"……."

그런 이화매의 말에 조휘는 이번에도 침묵으로 답했다. 아직 마음속에서 결정을 내리지 못했다.

솔직히 말해 힘들다는 걸 아주 잘 알고 있었다. 놈 혼자 있었어도 힘들 판인데, 권력까지 손에 넣은 마당이다. 그것도 황제를 제외하고는 거의 최고의 위치에 해당되는 권력이다. 아무리 좋게 봐줘도, 놈에게 가는 건 자살행위나 다름없었다.

'알아, 안다고…….'

근데 그게 인정이 안 되는 상황이었다.

복수.

그것만 보고 살아온 조휘다.

십 년의 전장을!
그 절규의 진창을!
피비린내 자욱한 지옥을!

오직 복수 하나만 생각하며 생존한 조휘다. 그런데 그 복수의 완성에 해당되는 놈의 위치를 알았다. 대놓고 자신의 모습을 드러낸 것이다. 그런데, 그런데 말이다, 그 미친 새끼가 너무 강하다.

무력도,
권력도.

심지어 권력에서 나오는 자금력, 정보력까지 갖췄을 것이다. 이건 당최… 자신이 놈보다 앞서는 게 하나도 없었다.
정말 단 하나도.
그래서 이 현실이 인정이 안 되는 것이다. 악착같이 살아남으며 겨우겨우 이 정도의 무력을 갖췄는데도.
아직 놈은 타격대에 끌려갔을 때처럼 까마득히 높은 하늘 위에 있었다. 짙고, 어두운 안개 속에 숨어 있었다.
하지만 말했듯이, 조휘는 지금 자신이 선택해야 하는 게 뭔지 알고 있었다.
우둑!

까드득……!

주먹을 으스러져라 쥐며, 이가 부러져라 갈고는 눈을 떴다.

"지금은… 참겠습니다."

쩡!

쩌저정!

가슴속, 머릿속 뭔가가 깨져 나가는 소리가 들렸다.

*　　*　　*

회의는 잠시 중단됐었다.

저녁 시간이기도 했고, 그 이전에 조휘가 제대로 된 회의를 진행할 정신이 아니었다. 그걸 이화매는 바로 알아채고 중단시킨 것이다. 다시 모인 것은 저녁을 먹고, 사방에 겨울 운무가 짙게 깔렸을 자정쯤이었다.

이화매는 창밖 달빛을 잠시 보더니, 바로 본론을 꺼냈다.

"마도, 확실히 하고 가자."

"뭘 말입니까?"

"이제 너와 나는 공동의 적이 생겼다는 것, 인정하나?"

"음……."

조휘는 무겁게 고개를 끄덕였다.

현재 이화매의 적은 만력제다. 조휘의 적은 적무영이다. 이 부분은 확실하다. 그럼 만력제와 적무영은?

어떻게 된 건지는 모르겠지만, 그 둘도 협력 관계, 혹은 주종 관계가 된 것도 확실했다. 그렇다면 이젠 두 사람의 적은 여태껏 서로 달랐지만 하나의 선상에 같이 올라오게 됐다.

"인정합니다."

"좋아. 이렇게 될 줄은 몰랐는데, 참 세상일 지랄 맞아. 안 그래?"

피식.

정말이다.

이화매의 말처럼 정말 조휘의 인생은 참으로 지랄 맞았다. 적무영이 조휘의 아버지를 죽인 그때부터, 일상은 완전히 깨져 나갔고. 정말 거친 폭풍으로 변해버렸다. 하루 앞날이 어떻게 변할지 아무도 모르는, 그런 어둡고 적막한, 매일매일이 폭풍 전야 같은 그런 인생을 살았다.

"이제 공동의 적이 생겼으니, 최대한 지원해 주지. 그러니 마도 너도 복수만 너무 생각하지 말고 크게 보자고. 안 그래도 놈은 취임식에서 명에 반하는 단체는 모조리 뿌리 뽑겠다고 선언했으니 분명히 우리랑 부딪쳐. 덕분에 지금 북경의 비선은 완전히 숨을 죽인 상황이지. 서로 계속 치고받다 보면 분명 마도 네가 바라던 상황이 올 거다. 그때까지만 기다려."

"네."

어차피 이제는 일정 부분, 아니 많은 부분을 이화매에게 기댈 수밖에 없는 상황이다. 조휘는 그 부분을 깔끔하게 인정했다.

"그런데… 궁금하단 말이지. 대체 그놈이 어떻게 도지휘사가 됐을까? 지금 북경의 비선은 완전히 멈춘 상황이라 더 이상 정보도 제대로 안 오는 상황인데."

툭, 툭, 툭.

이화매의 손끝이 주기적으로 탁자를 두드리는 바람에 궁금증이 이상하게 증폭됐다. 물론 조휘도 궁금한 부분이었다.

"제독 언니! 이전부터 황실에 끈이 있던 게 아닐까요?"

손을 번쩍 든 이화의 의견.

하지만 이화매는 단박에 고개를 저었다.

"그랬다면 마도가 적운양과 방원을 죽일 때 가만히 있었을 리가 없겠지."

"아……."

그러네요…….

혼자 시무룩 중얼거리더니 조용히 앉는 이화. 이화매는 그런 그녀의 머리를 한번 슥 쓰다듬어 줬다. 그랬더니 바로 헤헤거리면서 웃음꽃이 피는 게, 마치 꼬리를 살랑살랑 흔드는 강아지 같았다.

하지만 그게 중요한 건 아니고.

"가장 타당성이 있는 건 이화의 말처럼 전에 끈이 있었다는 부분인데, 역시 이건 아닌 것 같고. 그다음은 뭐라고 생각해?"

"음……."

뜬금없이 뭔가를 얻는 가장 빠른 방법은 뭘까? 놈은 명으로 돌아온 지 몇 달 지나지도 않았다. 아마 작년 가을에 왔을 테니, 겨우 서너 달이다.

'겨우 서너 달 만에 만마전에 들어가서 도지휘사의 자리를 얻었다고?'

말도 안 되는 일이다.

그렇다면 뭘까?

조휘는 하나 떠오른 게 사실 있긴 있었다. 하지만 이건 이화의 말보다 더 설득력이 없었다. 설레설레 고개를 젓자, 이화매가 불쑥 말했다.

"뭐야. 뭐 떠오른 것 같은데. 그냥 말해봐."

"아, 이건 헛생각입니다. 가능성이 없습니다."

"그래도 해봐. 혹시 알아, 내가 떠올린 거랑 같을지?"

"음?"

시선이 마주친 이화매는 웃고 있었다. 재미있다는 듯이. 그러나 그녀 특유의 기세가 담겨 있어 역시나 서늘함이 흐르는 웃음이었다.

"나는 협박을 생각했거든."

"어?"

"너도지?"

"네… 하지만 상대는 황제입니다. 협박 따위가… 먹힐 대상이 아닙니다."

피식.

조휘의 말에 콧방귀를 뀐 이화매가 상체를 의자에 깊숙이 묻고, 던지듯이 말을 이었다.

"황제도 심장에 구멍 뚫리면 죽어."

"……."

"은성검."

이번엔 은여령을 부르는 이화매.

"네."

"유령처럼 사라졌다 했지?"

"네, 분명… 흩어지듯 사라졌어요."

조휘는 당시 의식이 끊겨버렸기에 기억이 없지만, 은여령은 있었다. 그녀는 확실히 봤다. 분명 시선에 담아 두고 있었는데, 삿갓을 쓴 무사가 갑자기 나타나 전언을 전하자, 몇 마디를 남기고 마치 연기처럼 흩어져 사라지던 것을.

아주 똑똑히 봤다.

"확실하지?"

"네."

작지만 단호하게 대답하는 은여령.

이화매는 그 대답에 씩 웃더니, 다시 질문을 날렸다.

"그럼, 그렇게 자금성의 경계를 뚫고 황제한테 갈 수 있을까, 없을까?"

"……."

"……."

전부가 침묵했다.

더럽게 현실성이 없는 말이었다. 하지만 조휘는 지금 솔직한 심정으로 저 질문에 모르겠다. 이렇게 대답하고 싶었다.

현실성?

그건 이미 적무영 존재 자체에다가 가져다 붙여야 했다. 놈이 더 현실성이 없는 것이다. 인간이 갑자기 한 호흡도 안 셌는데 눈앞에 훅 나타나질 않나, 은여령의 말처럼 연기처럼 흩어져 사라지질 않나, 그놈이 더 말도 안 되는 괴물인 것이다.

그런 괴물이 버젓이 존재하는데, 대체 더 이상 말도 안 되는 건 아마 없을 것이다. 게다가 그 정도 능력이면… 솔직히 모르겠다.

자신에게 그 정도 능력이 있었으면?

곰곰이 생각해 보니…

"가능하겠는데……."

답이 입 밖으로 흘러나왔다.

"그치? 나도 그렇게 생각해. 몇 달간 경계조를 숨어 보다가, 조용히 숨어 들어가면 끝이야. 불가능한 일이 절대 아니라는 거지. 게다가 인간이 만든 경계망이니까 분명 구멍은 있을 거고."

"음……."

"그렇게 몇 번이나 숨어 들어가 황제를 협박했다면? 과연 이게 불가능한 일일까?"

하.

미치겠다, 저 말이 너무 그럴듯하게 들렸다. 아니, 이미 조휘는 물론 이 중에서 무(武)에 가장 정통한 은여령도 반 이상 넘어간 상태였다.

만약 적무영의 무력을 몰랐다면, 능력을 몰랐다면 절대 이런 추리는 안 나왔을 것이다. 말도 안 되는 소리이지 않나. 자금성의 경계를 뚫고 들어가 몇 번이나 황제를 협박해 자리를 얻어낸다니. 지나가던 개도 짖지 않을 개소리다. 하지만 능력을 이미 아는 마당이니, 저건 충분히 가능할 법한 추리가 된 거다.

조휘 스스로도 자신에게 그런 능력이 있으면 가능할 것 같다 생각하는 판이다.

"근데 뭐, 협박이든, 협조든, 계약이든 뭐든 상관없어. 놈이 양지로 기어 나왔다는 게 중요하지."

피식.

이번엔 조휘가 웃었다.

이화매의 말이 맞았다. 그놈이 어떻게 그 자리에 올라갔는지는 사실 그렇게 중요하진 않았다. 아까도 말했듯이 그 자리에 앉았다는 것과 이제는 밖으로 기어 나왔다는 게 중요했다.

"언제고 노릴 수 있는 자리에 나왔잖아. 안 그래?"

"다음 작전은 언젭니까?"

"왜, 몸이 근질근질해?"

"그 정도는 아닌데… 아무래도 가만히 있기 힘들어서요."

"후후, 기다려. 조만간 해줘야 할 일이 생길 거야. 그때까지 몸 좀 만들어두라고."

"네. 더 할 말 있습니까?"

"쯧, 딱딱하긴. 가봐."

"네."

조휘는 자리에서 일어났다.

그를 따라 공작대 전체가 일어났고, 이화매는 손을 휘휘 저으며 다시 산처럼 쌓인 서신의 산으로 들어갔다.

숙소로 돌아온 조휘.

들어오자마자 창문을 벌컥 열었다.

달이 떠 있다.

반으로 조각나, 죽어가는지 시리게 빛나는 달이 떠 있었다.

'기다려. 다음에 만날 때는… 꼭 죽여줄게.'

가슴에, 시린 달을 걸고 나온 맹세.

조휘는 그 맹세 뒤에도 한참이나 새까만 하늘을 올려다봤다. 들끓는 복수심을 기분 좋게 음미하면서.

평화로운 오후.

간만의 휴식으로 공작대는 저마다 흩어졌다. 하지만 조휘는 여전히 숙소에 있었다. 요즘 들어 조휘는 고민이 있었다.

작년 길주성에서의 작전 때, 그때 찾아왔던 이상한 감각. 시계가 쭉 느려지던 그 감각이었다. 최초 은여령의 미인계 때 한 번, 그리고 적무영과 만났을 때 두 번. 그때 조휘는 아주 분명하게 느꼈다.

그런데 그 이후는 단 한 번도 느낄 수가 없었다.

'뭐였을까, 그냥 단순한 착각이었을까?'

당연하게 드는 생각.

하지만 조휘는 바로 고개를 저었다.

조휘는 굉장히 민감한 편이다. 그렇기 때문에 허와 실에 대한 구분이 웬만한 이들보다 훨씬 뛰어났다. 그런 조휘가 한 번도 아니고, 세 번이나 잘못 느꼈을 리가 없었다. 그러니 분명, 그때 느꼈던 것은 확실하다.

그러나 그 이후 단 한 번도 그때 같은 감각을 느낀 적은 없었다. 당시 세상이 느려졌을 때 회피, 그리고 정확도가 극단적으로 올랐기 때문에 자신에게 도움이 된다고 생각한 마당이다. 물론 이후 두통 때문에 기절까지 했고, 명으로 돌아가는 배 위에서 눈을 떴지만 그건 아무래도 상관없었다.

은여령도 못 봤다고 한 걸 피하게 해준 감각이다. 만약 그걸 자유자재로 쓸 수 있다면? 적무영을 상대하는 데 큰 도움이 될 것이다.

"후우……."

그러다 보니 답답함과 찝찝함이 머릿속 한구석에서 떠나질 않았다. 자리에서 일어난 조휘는 풍신을 챙겨 숙소 근방의 연무장으로 갔다. 답답할 땐 역시 땀을 흘리는 게 최고였기 때문이다.

연무장에 도착하니 선객이 있었다. 가녀린 체형. 돌돌 말아 올려 고정한 머리카락. 손에 쥐어진 한 자루의 검.

은여령이었다.

이미 온 지 꽤 된 모양인지 검은 무복은 몸에 찰싹 달라붙어 육체의 굴곡을 완연히 보여줬지만, 조휘에게는 아무런 영향도 못 끼쳤다.

슥.

검을 갈무리하고 조휘에게 시선을 돌리는 은여령. 그녀의 눈빛은 깊고, 어딘가 무거워 보였다. 청도 작전 이후 저랬다. 서창의 인물을 잡아 고문했지만, 그녀가 원하던 정보는 단 하나도 안 나왔다.

그녀가 바라는 건 당시 작전을 지휘하고, 생각해 냈던 자다. 당연히 태감이 의심되지만 혹시 모른다.

다른 게 또 있는지.

하지만 놈은 군관(軍官)급이었는데도 하나도 몰랐다. 더 높은 자리에 있는 놈을 잡아서 까봐야 한다는 결론이 나온다. 하지만 아마 쉽지는 않을 거다. 다른 놈들도 아니고 무려…….

'서창 놈들이니까.'

존재 자체가 극비인 놈들이다.

기관이 있는 건 누구나 아는데, 그 안에 몇 명이나, 누가 소속되어 있는지는 정말 극비다. 따라서 은여령과 상황이 비슷한 조휘도 연 백호의 죽음을 밝혀내려면 꽤나 골치가 썩을 거란 소리도 됐다.

"비무 한번 하시겠어요?"

"좋지."

은여령의 인사 뒤 나온 말에 조휘는 바로 고개를 끄덕였다. 안 그래도 몸을 풀러 온 마당이다. 조휘의 입장에서는 반길 만한 일이었다.

연무장 한구석에서 몸을 푸는 조휘. 이렇게 은여령과 비무를 시작한 건 얼마 안 됐다. 길주성에서 작전을 끝내고 돌아와 육체가 정상으로 돌아왔을 때, 그때부터 시작했다. 가진 바 무력의 부족함을 알았기 때문이다.

적무영을 잡으려면, 지금의 무력으로는 결단코 불가능하다는 결론이 나왔다. 그리고 그건 은여령도 마찬가지였다.

만약, 언젠가 흉수가 전부 밝혀지면 그게 황제라 할지라도 싸워야 하는 은여령이다. 일만 군단 속으로 조휘처럼 뛰어 들어가야 하는데 적무영 같은 놈이 또 있으면 그녀의 복수는 그 순간 무산된다.

그러니 그녀도 무력에 조금씩 조급함을 보였고, 놈의 일격을 피한 조휘에게 지금처럼 먼저 제안해 왔었다.

그렇게 하루에 한 번, 칼과 검을 겨뤘지만 아직까지 서로 만족한 상황은 아니었다.

"시작하지."

"네."

몸을 다 푼 조휘와 은여령이 십 보 거리를 두고 마주섰다. 조휘는 이번엔 풍신을 손에 들었다. 검속이 빠른 은여령의 공격을 막기 위해 지금까진 쌍악을 사용했지만, 큰 효과는 없었다. 그녀의 검은 정말 고속으로 공간을 갈라내며 들어오니까.

"가요."

십 보의 거리는 순식간에 사라졌다.

신형이 흔들린다 싶은 순간 이미 쭉쭉 치고 들어와, 어느새 조휘의 전면에 도착했다. 스가악!

깡!

빛살처럼 뿌려진 일격은 막은 조휘는 빙글, 몸을 회전시키며 팔꿈치로 은여령의 얼굴을 후려쳤다.

슉!

그러나 고개를 숙이며 풀썩 주저앉은 은여령이 발을 뻗어 조휘의 발목을 걷어찼다. 툭! 지면을 박차면서 은여령을 뛰어넘은 조휘가 회전을 이어 풍신을 쭉 그었다. 깡! 어느새 역수로 쥔 은여령이 검을 세워 막고, 위로 쭉 그어 올렸다. 가녀린 팔뚝이지만, 압축되고, 또 압축된 근육에서 나오는 힘은 웬만한 성인 사내를 한참이나 웃돌았다.

백검문 특유의 근육 단련법이라고 했다. 물론 그래도 조휘나 공작대원들보다는 약하지만 순간 폭발력은 조휘의 근력과 엇비슷했다.

튕겨 올라가는 힘을 거부 안 하고 그대로 받아 굴러버리는 조휘. 푹! 그 자리에 은여령의 검이 사정없이 박혔다. 체구가 작고, 폭발력이 강한 은여령의 공격은 이렇게 아직 안 온다. 생각할 때쯤 눈앞에 쑥 나타나 들어온다.

보통 생각하는 박자에서 반 박자, 빠르면 한 박자 더 빨리 들어와 대련 처음에는 몇 번이나 당했었다. 물론 아직도 적응하지 못했고.

슈아악!

깡!

다시금 뿌린 풍신 역시 맥없이 막혔다. 공수 전환이 지극히 간결하고, 빠르다. 조휘도 나름 빠른 공수 전환을 사용하는데, 그래도 긴 세월 동안 축약된 백검문의 방식보다는 부족한 점이 많았다.

휙!

엇박자로 들어온 발등.

'큭!'

속으로 짧게 신음을 흘리는 조휘. 순간 늘어나는 것처럼 보였다. 여인의 발이라고 무시하다가는 턱주가리가 아작이 난다. 거기에 그녀가 가진 내공이 실리면? 턱을 악물어도 그대로 쪼개지고, 깨져 나갈 거다.

지금도 그렇다. 조휘의 인지를 벗어난 속도. 내력이 실렸다는 증거다. 맞으면 한두 달 요양하는 것 정도로 안 끝난다. 평생 딱딱한 건 못 씹게 되는 상황까지 갈 수도 있었다. 그래서 악착같이 턱을 당겼다.

팟!

발끝이 턱을 스쳤다.

어찌나 날카롭게 스쳐갔는지, 피부가 갈라지며 핏방울이 훅 튀었다. 떠오르는 핏방울 너머, 은여령이 다시금 다가오는 게 보였다. 조휘는 아직 턱을 내리기도 전인데, 이 여자는 벌써 쳐올렸던 다리를 내려 자세를 잡고, 이격을 먹일 준비를 하고 있었다. 내력의 유무에 따른 실력 차이는 역시나 확실했다.

슈욱.

날아오는 작고 귀여워 보이는 주먹.

하지만 그 주먹을 본 조휘는…….

'쌍…….'

욕지기와 함께 이를 악물었다.

빡!

"큭……."

단방.

제대로 톡을 돌려버린 주먹에 조휘의 시야는 급속도로 어두워졌다.

풀썩.

썩은 짚단처럼 쓰러진 조휘의 앞에 선 은여령.

그녀는 실전이 아니라고 봐주는 법이 없었다.

*　　　*　　　*

조휘가 다시 눈을 뜬 건 일다경 정도가 지난 다음이었다. 스르륵 올라가는 눈꺼풀. 가장 먼저 새파란 하늘이 보였다.

"아… 시발."

그리고 상황이 파악되며 즉각 욕설이 나왔다. 또 기절했다. 지금에서야 말하지만, 조휘는 은여령과의 비무에서 이겨본 적이 없었다. 아니, 비겨본 적도 없었다. 딱 한 방, 혹은 한 방 뒤에 바로 들어오는 두 방에 전부 기절했었다.

정확하게 의식을 단절시키는 공격들. 턱, 관자놀이, 후두부 등을 노리고 들어오는 일격은 극한으로 단련했다고 자부할 수 있는 조휘의 의식을 아주 확실하게 끊어버렸다. 조휘가 약해서? 아니었다.

은여령이 너무 강했다.

그녀의 한 방은 조휘의 한 방과는 격이 달랐다. 그 이유는 당연히 내공의 차이였다. 급소에서 한 치도 벗어나지 않는 정교한 공격 안에 들어가 있는 내공. 그게 조휘를 연패의 수렁으로 밀어 넣었다.

물론 자존심이 상했다.

하지만 여자에게 져서 자존심이 상한 게 아니라, 변변한 반격도 하지 못하고 기절하는 게 자존심이 상했다..

적각도 이제는 확실하게 잡을 수 있는 조휘다. 그런데도 내공을 익힌 은여령에게는 상대도 안 됐다.

"일어났어요?"

"한 번 더 하지?"

"그래요."

일어난 조휘는 턱을 흔들었다. 아직 어지러움이 있었다. 지끈거리는 턱. 신기한 게 있었다. 이를 악물고 대비를 했는데도 기절할 만큼 강력한 한 방이 들어왔는데 턱뼈는 무사했다. 조각이 나도 이상하지 않을 텐데 말이다. 하지만 그래도 통증은 뼈에 스며든 것처럼 남아 있었다. 연무장 한구석에 있는 우물에서 물을 길어 머리에 확 끼얹는 조휘.

촤악!

차가운 물이 정수리부터 발끝까지 흐르자 정신이 번쩍 들었다.

푸.

이후 어깨를 넘어 흐르는 젖은 머리를 모아 묶은 다음, 다시 은여령 앞에 서는 조휘. 발도? 그럴 틈도 주지 않는 은여령이다. 말했듯이 그녀는 비무라고 봐주는 법이 없었다. 항상 극히 간결하고, 빠르게 치고 들어와 조휘를 침몰시켰다.

그르릉.

늑대 울음을 토해내며 뽑혀 나온 풍신을 단단히 쥐는 조휘. 정신 안 차리면 또 몇 번 방어하다가 기절한다.

이번에도 은여령이 먼저 들어왔다.

파박!

지면을 박찬 그녀의 몸놀림은 가히 빛살에 비교할 만했다. 이번엔 십오 보의 거리를 눈 깜짝할 사이에 접어 들어와, 검을 쭉 찔러 넣었다. 시퍼런 칼날이 명치로 들어왔다. 찔리는 순간 최소 한두 달은 요양이다.

뒤로 빠지는 건 안 된다.

그럼 은여령은 다시 반 박자 빠르게 지면을 박차 들어올 거다. 휙.

상체를 비틀어 피하는 조휘.

겨드랑이 아래쪽 의복이 검끝에 걸려 베어져 나갔다. 조휘는 그런 건 무시하고, 그대로 주먹으로 지나가는 은여령의 얼굴을 후려쳤다. 제대로 자세도 잡지 않은 막무가내 공격이지만 방법이 없었다. 그냥 두면 바로 이격이 날아올 테니까. 저렇게 지나가는 것 같아도 조휘보다 동작이 빠르다.

슉!

자세를 쭉 낮춰 조휘의 공격을 피하는 은여령. 조휘는 그걸 보고 바로 뒤로 물러났다. 파악! 그러자 은여령의 하체가 튕기듯이 펴지며 상체를 틀어 조휘에게 쇄도했다. 이거다. 이렇게 빠르다.

물러나는 조휘보다 훨씬 빠르게 들어오는데 이런 건 솔직히 답이 없었다.

으득!

이를 악무는 조휘는 풍신을 아래에서 위로 쳐올렸다. 이번에도 의미가 별로 없는 공격이었다. 힘도 안 실려서 속도도 별로였다. 그저 견제의 목적으로 쳐낸 공격. 그런 공격에 맞을 은여령이 아니었다.

슥.

몸을 한 바퀴 돌려가며 피한 은여령.

그 짧은 틈이 조휘에게는 천금같이 소중했다. 물러나기를 멈춘 조휘가 그대로 몸을 띄웠다. 그리고 공중에서 한 바퀴 돌아

발차기를 뿌렸다. 이번엔 제대로 들어갔다. 그녀가 한 바퀴 몸을 돌리는 순간을 노려 들어간 공격이다. 정면을 볼 때는 이미 조휘의 발바닥이 얼굴 앞에 불쑥 나타난다.

그러나…

상대는 은여령이다.

내력이라는 괴물을 몸속에서 키우는.

부웅!

'큭…….'

발끝에 걸리는 건 아무것도 없었다. 회심의 일격까진 아니었으나, 나름 제대로 노린 공격이었는데 정말 허무하게 빗나갔다. 그렇게 공격은 실패하고, 조휘의 몸은 원심력 때문에 여전히 공중에서 빙글 돌고 있었다. 강제로 육체에 제동을 걸려 했으나 쉽지 않았다.

사삭.

지면이 긁히는 소리에 밑을 보니, 어느새 은여령이 상체를 숙여 품으로 파고 들어왔다.

빠각!

솟구치며 올려친 손바닥이 다시금 턱을 강타.

"억……."

깐 데 또 까인 조휘는 외마디 신음과 함께 고개, 이어 상체가 뒤로 넘어갔다. 의식은 곧바로 비몽사몽하게 변해버렸고, 쓰러지는 가운데 저 멀리서 다가오는 사람들의 모습을 담는 걸 마지막으로 툭 끊겼다.

그날 저녁, 조휘는 뜻밖의 손님을 마주했다.

"아하하!"

감히 겁대가리 없이 조휘를 놀리는 손님이었다. 쯧, 조휘는 쓴웃음을 지으며 자신을 놀리는 손님을 바라봤다.

뢰주 상단의 서문영. 그가 황곽과 함께 낮에, 딱 조휘가 두 번째 기절할 때 공작대 숙소를 찾았다.

그리고 둘과 같이 온, 반가운 녀석도 있었다.

"오랜만이다?"

"오랜만에 뵙습니다, 조장."

검영(劍影).

조휘가 전역할 때 연 백호에게 자신을 대신할 만한 놈으로 추천했던 녀석이다. 나이는 이제 스물 중후반이지만 날카롭게 생긴 게 인상적인 놈. 얼굴을 가로지른 굵직한 검상과 이름이 참 잘 어울렸다.

아, 물론 본명은 아니었다.

홍등가에서 태어나, 기녀들이 지어준 이름이었다. 기녀들에게 컸다고 곱상한 성격을 지녔을 거라 생각하면 오산이다.

자신을 길러 준 기녀들 중 하나가 흉악한 손님에게 매를 맞자, 뚜껑이 뒤집혀 반 죽여 놓은 놈이다. 물론 그게 타격대에 끌려 온 이유는 아니다. 그때는 그냥 매질만 당하고 말았지만, 어머니들 중 한 분을 겁탈한 포주를 죽여 버렸다. 그래서 끌려왔다. 근데 좀 의외였다. 조휘가 알기로 놈은 아직 전역 날이 꽤나 남은 걸로 알았다. 조휘가 전역할 때를 기준으로 잡아도 아직 이 년 정도. 반년이나 빨리 전역한 것이다.

"전역이 좀 남은 걸로 아는데?"

"장산 형님이랑 위지룡 형님 감면받을 때 저도 좀 받았었습니다."

"아아, 그런데 왜 여기로 왔지? 너 항주 출신이잖아?"

"어머님들은 뵙고 왔습니다. 다행히 이제 다들 은퇴하시고 작은 객잔 하나 운영하면서 지내시더군요."

"그 일 안 돕게?"

"네, 저도… 갚아야 할 빚이 있으니까요."

"연백호 일?"

"네."

놈의 눈가에 차가운 살기가 스쳐 지나갔다. 이놈은 조휘가 조장으로 추천했을 만큼 기세가 꽤나 매서웠다. 게다가 첫 전투에서 죽을 위기에 처한 놈을 조휘가 살려 주고 나서, 조휘를 목표로 살아나가는 법을 배웠다. 그래서 행동, 말투, 전투 방식까지 조휘를 가장 많이 닮은 놈이었다.

게다가 이름에는 칼 검(劍) 자가 들어가는데 주무기는 조휘처럼 도를 쓰는 놈이다.

"흉수가 어딘지는 아냐?"

"저도 들었습니다. 동창."

"그럼 여기가 어디인지는 알고? 무슨 일을 하는지도."

"네. 원륭 제독에게 다 들었습니다."

피식.

이놈도 원륭의 추천이었나 보다.

"쉽지 않을 거다."

"조장과 연 백호가 살려준 목숨입니다."

사나이 의리라…….

이 시대에 남아 있긴 했었나 보다.

이놈이나, 저놈이나…….

이렇게 찾아대는 걸 보니.

놈의 눈을 보니, 아주 단단한 게 위지룡이나 장산이 보여줬던 눈과 하나도 다를 게 없었다. 가란다고 갈 눈이 아닌 거다.

"알았어. 단, 분명히 경고하는데 너 처음부터 다시 배우려면 아마 죽어나갈 거다. 여긴 타격대와 성질이 좀 달라. 아마 바로 실전에 투입은 힘들 거고, 따로 훈련 중인 신입 애들 있으니까 내일부터 같이 배워."

"네."

"가봐. 회포는 나중에 풀자."

"네."

자리에서 일어난 검영이 짧게 경례를 붙이자, 오현이 바로 이층으로 데리고 갔다. 아마 대기 중인 공작대에게 놈을 소개할 모양이었다. 조휘는 놈의 뒷모습을 보며 짧게 혀를 차고는 아직도 은여령에게 찰싹 달라붙어 조잘조잘 거리는 서문영에게 시선을 줬다. 그녀는 조휘를 한 방에 때려눕힌 은여령에게 아주 지대한 관심을 보였다. 아주 자철광처럼 들러붙어 저녁을 먹을 때도, 그리고 차를 한 잔 마시며 이화매를 기다리는 지금까지 떨어지질 않았다.

이러다 아주 변소까지 쪼르르 따라다닐 것 같았다.

조휘의 시선을 느꼈는지 말을 멈추고 돌아보는 서문영.

"무슨 일로 왔습니까?"

질문은 서문영이 아닌, 황곽을 향해서였다. 여태껏 굳이 물어보진 않았는데 먼저 말을 안 해줘서 결국 묻고 말았다.

힐끔.

서문영을 한 차례 본 황곽이 헛기침과 함께 입을 열었다.

"험험, 수송 때문에 왔네."

"수송? 아아."

예전에 해남도(海南島)에서의 계약이 떠올랐다. 이화매가 직접 뢰주 상단주 서윤걸에게 계약을 제의했던. 이번 수송도 아마 그 일 때문인 것 같았다.

"오 함대에 대규모 물자 수송이 있는데, 수송 함선이 부족해서 우리도 온 거라네. 험험, 그래 봐야 수송선 이십 척이 전부지만."

"이십 척이 어딥니까. 그 정도 규모를 갖추지 못한 상단도 수두룩합니다. 오실 때는 괜찮았습니까? 해적들이 슬슬 돌아다닐 시기인데."

"허허, 오홍련의 기를 꽂고 움직이는데 누가 건드리겠나? 허허허."

황곽의 웃음에 조휘는 고개를 끄덕였다. 오홍련을 상징하는 붉은 바탕에 연꽃잎 다섯 개가 그려진 기는 해적이나 왜구들에게는 재앙이나 다름없었다. 건드렸다간 화약고에 불씨를 당긴 것과 비교해도 될 거한 복수의 포격을 얻어맞을 것이다. 이화매는, 그리고 오홍련 전체가 당하고는 절대 가만있지 않는 사람들이니까. 산적이건 수적이건 해적이건, 만약 오홍련의 인물, 물건을 건드리는 순간부터 쫓기게 된다.

자금력에서 나오는 비선의 정보력으로 끝까지 추적해 탈탈 털어버린다. 물론 방식은 아주 화끈하다.

재물을 털었으면 먼지 한 톨 안 나오게 털고, 사람을 다치게 했으면 딱 그 이상 다치게 해준다?

생명을 해치면?

그럼 살길 포기하는 게 좋다.

절대로 안 살려두니까.

그 예로 딱 좋은 게 바로 이영이다.

'그나저나, 저 아가씨는 진짜 하나도 변한 게 없네…….'

시선이 돌아서 서문영에게 멈췄다.

그녀는 정말 변한 게 하나도 없었다. 듣기로는 올해 딱 스물이 됐다고 하는데, 철이 하나도 안 들었다.

아니면 조휘 앞에서만 저렇게 애처럼 구는 거일 수도 있고.

"왜, 왜요! 왜 그런 눈으로 보는데요!"

따지듯이 말하는 서문영을 보면서 조휘는 피식 웃었다. 아직도 애다. 상대하기 진짜 벅차다. 그러니 아예 상대를 안 하는 게 답이었다. 조휘는 악도건을 바라봤다.

"술시 초까지 온다고 했지?"

"네."

"그럼 슬슬 올 때 됐네."

"밖에 애들 있으니까, 오시면 바로 연락 올 겁니다."

"그래."

고개를 끄덕인 조휘는 다시 황곽을 바라봤다.

"언제 출발하십니까?"

"모레 출발일세."

"내일 하루가 남는군요. 주산군도의 경치가 좋습니다. 한 번 둘러보고 가는 것도 나쁘지 않을 겁니다."

"허허, 안 그래도 내일 좀 둘러볼 생각이네."

"이곳 토박이 하나가 있습니다. 붙여드릴까요?"

"아니네. 천하의 오홍련 공작대원을 내 어찌 감히 안내원으로 하겠나. 그리고 설령 그랬다간 내 마음이 편치 않을 걸세. 허허."

황곽은 역시 거절을 해도 상대가 기분 나쁘지 않게 하는 재주가 있었다. 하지만 서문영은 아니었다.

예전에 말도 안 하고 이별했던 게 그렇게 마음에 남았는지, 두려워했었던 걸 싹 지워버린 듯했다.

"진 조장님이 해주세요!"

"바쁩니다."

"에이! 하루쯤 쉬셔도 되잖아요! 네? 진 조장님이 안내 좀 해주세요. 네?"

"……."

허, 허허…….

조휘는 침묵하고, 그 뒤로 황곽의 난처한 웃음소리가 들렸다. 눈빛에는 좀 봐주게나… 하는 감정이 가득했다. 뭐, 그렇게 기분이 나쁘진 않았다. 처음이나 기분 나쁘지, 몇 번 겪다 보면 그러려니 하게 되어 있었다. 조휘는 그리고 상대를 무시하는 법을 잘 안다. 대꾸 안 하는 것. 그럼 혼자 날뛰다 지치기 마련이다.

시기 좋게 밖에서 종이 울렸다.

이화매가 왔다는 연락이었다. 그녀는 종이 울리고 얼마 지나지도 않았는데 문을 벌컥 열고 등장했다.

"기다리게 해서 미안하군. 급하게 처리할 일이 있어서 말이야."

"아닙니다."

"그래? 그럼 다행이고."

자연스럽게 상석에 앉는 이화매.

자리에 앉은 그녀는 식탁 위를 한번 스윽 훑어보고는, 술은 없네? 하고 중얼거렸다. 그러자 차를 내오던 악도건이 다시 뒤를 돌아 주방에서 술을 가져왔다. 독한 화주 한 병이다. 그녀는 비싼 술을 즐기지 않았다. 전통적인 방식으로 만들어 식도가 타들어 가는 느낌을 주는 화주만 즐겼다.

쪼르르.

"한잔하지?"

"네."

악도건이 건네준 잔에 술을 가득 따라주는 이화매. 그녀는 조휘를 시작으로 주변인들에게 잔을 싹 돌리고는, 바로 잔을 입에 가져다 댔다.

"크으, 일 끝내고 마시는 화주는 역시 특별하지."

탁.

쪼르르.

다시 연거푸 술잔을 기울이는 이화매다.

굳이 이곳에 행차한 걸로 보아 분명 뭔가 할 말이 있다는 건데, 그녀는 화주부터 들이켰다. 하지만 누구도 걱정하지 않았다. 주당인 그녀는 화주 한두 잔으로는 끄떡도 안 한다. 두 병은 마셔야 얼굴이 발그레해질 정도였으니까. 혹시 취하는 건 아닌가, 하는 걱정은 쓸데없는 것이다.

"회포 좀 풀었나? 저 아가씨가 좀 벼르고 있던데?"

"글쎄요. 그냥 밥 먹고, 차 마시고 있던 중이었습니다."

"그래?"

이화매가 슬쩍 서문영에게 시선을 던지자 서문영은 고개를 살짝 돌렸다. 큭큭, 그 모습에 이화매는 웃음을 참지 않았다.

"솔직하지 못한 아가씨로군. 후후후."

그 말에도 서문영은 바로 반응했다.

화악, 얼굴이 발그레해진 것이다.

"얼굴은 저렇게 솔직한데 말이야."

"아, 그, 그게 아니라… 이건 수, 술 때문에 그래요!"

"진짜? 아닌 것 같은데?"

"지, 진짜예요! 아, 아니… 진짜예요……."

누구한테 소리쳤는지 알고는 화들짝 놀라 다시 소곤거리듯이 말하는 서문영. 그녀의 천적은 이화매였다. 우상(偶像). 이화매는 그녀의 우상이다. 숭배의 대상이다. 그러니 아주 고양이 앞에 쥐처럼 굴었다.

"그만 놀리는 게 좋겠습니다. 저러다 울겠는데."

"아직 시작도 안 했는데?"

"벌써 눈물이 그렁그렁합니다."

"그래? 그럼 그만해야겠네. 후후."

쪼르르.

다시 연거푸 술을 마신 이화매가 탁, 소리 나게 잔을 내려놓고는 조휘를 바라봤다.

"광동에 좀 갔다 와."

"광동 말입니까?"

"그래."

슥. 품에서 서신 하나를 꺼내 던지는 이화매. 조휘 앞에서 정확하게 멈춘 서신을 조휘는 익숙한 동작으로 꺼내 펼쳤다. 한 사람의 용모와 이력이 적혀 있었다.

"조현승(曹賢承)?"

"수도 위지휘사사 진무 중 한 명이지."

위지휘사사(衛指揮使司)라.

게다가 진무(鎭撫).

결코 낮은 직급에 있는 인물은 아니었다.

"오늘 들어온 정보다. 지금 누명을 쓰고 동창에 쫓기고 있다는군. 죄명은 역모."

"음……."

역모라.

일가는 물론 사돈에 팔촌의 목까지 날아가는 죄다.

"근데 이자, 우리도 조사했던 사람이고, 접촉했었던 자야. 오홍련의 훈련 교관으로 맞이하려고. 진짜 탐났었는데 실패했지."

"왜 실패했습니까?"

"그도 현재 황실이 잘못됐다는 걸 알고는 있었는데, 그걸 안에서부터 바로잡고 싶어 했어. 그 마음이 너무 강해서 어쩔 수 없었지. 데려가려면 목을 베고 데려가라는데, 포기해야지, 어쩌겠어."

"아아."

"그런데 그런 그가 역모? 지나가던 개새끼도 웃지 않을 소리야. 분명 바른 소리 한번 했다가 역풍을 맞은 거지."

"그자가 지금 광동성에 있습니까?"

"그래, 훈련 교관을 했던 이야. 동창, 서창, 금의위며, 그 밑의 이들이며 누구보다 잘 알아. 그러니 내륙으로 피신한 거야. 그것도 일가족 전체를 이끌고. 대단하지 않아?"

"확실히……."

"그런 자가 허망하게 죽는 걸 절대 못 두고 보지. 그러니 마도 네가 가서 좀 잡아 와."

일가족을 이끌고 북경에서부터 광동성까지 도주해 왔다면 분명 능력이 장난 아니라는 뜻이다. 게다가 추적자가 동창이나 서창일 텐데도 말이다.

"정확한 위치는 어딥니까?"

"그건 확실치가 않아. 련주 쪽에서 처음 흔적을 찾았다니까, 거길 중심으로 탐색해 줘. 그리고 곧 비선에서 알아낼 거야. 만나면 기절시켜서라도 끌고 오고. 그다음은 내가 책임진다."

"네. 출발은 언제 합니까?"

"저 아가씨랑 같이 가. 이번엔 소수만 데리고 가고."

"네."

비선의 정보력이 뒷받침된다면, 아마 오래지 않아 발견될 것이다. 고개를 다시 서신으로 돌린 조휘는 조현승의 외모와 이력을 눈에 담았다. 검영과 비슷한 날카로운 눈매. 우뚝 솟은 콧날. 다부진 입매.

고집스러움이 한껏 묻어나는 자였다. 마지막으로 조현승을 쫓는 놈들을 뜻하는 단어에 시선이 딱 멈췄다.

'동창이라…….'

조현승을 쫓는 이들, 동창.

제(祭)보다 잿밥에 더 관심이 간다는 말, 딱 지금의 조휘를 두고 하는 것이었다.

제55장

또 다른 복수의 시작

뢰주.

다시금 찾은 뢰주는 변한 게 하나도 없었다. 하지만 조휘는 이상하게 다르다고 느껴졌다.

전역 후, 사실 그날이 가장 감흥이 새로워야 했음에도 별로 그런 마음을 느끼지 못했었다. 당시는 너무 복수심에 젖어 있었기 때문이다. 하지만 지금은? 적무영이라는 가장 큰 복수의 대상이 남아 있긴 하지만, 반 이상은 해결했다.

그렇기 때문일까?

선착장에 발을 내리고, 뢰주로 들어서는 내내 기분이 이상했다. 조휘는 왜 그런지 알 수 있을 것 같았다.

'연 백호.'

있어야 하는 사람이 없는 뢰주.

조휘가 아무리 악착같이 살았어도 은혜는 잊지 않는다. 연 백호가 아니었다면 사지에 등 떠밀려 이미 차디찬 시체가 되었을 가능성이 무사히 전역할 확률보다 못해도 몇 배는 높았을 거다.

그런 전부를 막아준 게 바로 연 백호.

가진 권력을 모조리 동원해서 막고, 또 막아줘서 지금의 조휘가 있는 거고, 조휘도 그 부분은 절절히 공감하고 있었다.

뢰주 안으로 들어간 조휘는 특정한 객잔을 찾았다. 휘문(輝門) 객잔이라고, 연 백호가 살아 있던 시절, 그리고 조휘가 타격대에 있던 시절, 그가 잘 다녔던 곳이다. 그는 그랬다. 그곳의 죽엽청은 정말 일품이라고.

전역하면 꼭 한번 마셔 보라고 했던 이야기가 신기하게 뢰주에 들어서자마자 떠올랐다. 휘문 객잔을 찾는 건 어렵지 않았다. 선착장 부근 객잔들과 홍등가가 줄줄이 늘어선 지역에서 가장 허름한 곳이었다.

예상과는 다른 허름한 객잔의 모습에 눈살이 찌푸려질 만도 한데, 조휘는 그런 생각이 일절 들지 않았다.

삼 층으로 올라가 자리를 잡고 앉는 조휘.

그런 조휘의 주변으로 함께 온 이들이 줄줄이 자리를 잡았다. 은여령, 이화, 장산과 위지룡, 타격대 십 인, 그리고 함께 온 서문영과 황곽이 앉았다.

가볍게 음식을 시키고 좀 기다리자 일하는 소동들이 쟁반에 음식을 들고 올라왔다. 얼굴을 보니 꽤나 깨끗하고, 표정도 밝다.

식사 시간은 조용했다.

서문영이 은여령의 옆에 찰싹 붙어 그녀를 들들 볶느라 나는 소리만 뺀다면 전체적으로 차분한 식사였다.

오래 걸리지 않아 식사가 끝나고 차로 입가심을 하는데 쿵쿵거리는 소리가 들렸다. 아주 작은 소리지만 조휘는 물론 공작대 전체가 반응했다.

점소이들이 올라오는 소리는 아니었다. 훨씬 무겁고, 힘이 있는 자의 걸음걸이였다. 올라온 자는 머리를 반듯하게 민 삼십 대 중반 정도로 보이는 사내였다.

휘휘.

올라와서 사방을 살피다 조휘를 발견하고는 바로 다가오는 사내.

"조장, 오랜만입니다."

"오래만이다, 석두."

아는 사람이었다.

타격대에서 무사히 전역한 놈들 중 하나. 그러고 보니 나갈 때 뢰주에 자리를 잡는다고 하더니 진짜 자리를 잡은 모양이다.

"하하, 그 이름으로는 오랜만에 불리는군요. 저, 일단 이것부터."

품에서 죽간 하나를 꺼내 조휘에게 건네고 주변에 남는 의자를 끓어다 앉는 석두. 이놈을 표현하자면 이름 그대로다.

머리가 참… 죽도록 나쁜 놈이었다.

돌대가리는 별명으로 불릴 만큼 말이다. 석두가 오 년의 타격대 생활에서도 살 수 있었던 건 타고난 운과 연 백호와 조휘의 도움이 컸다. 특히 그중 운을 가장 높게 칠 수 있었다.

이놈은 어떻게 된 게 날아오는 화살도 피해 갈 정도로 운이 좋았다. 죽간을 일단 품에 넣은 조휘는 희미하게 웃으며 입을 열었다.

"오홍련에서 일하고 있었나?"

"에이, 일 정도는 아니고, 그냥 이런 심부름이나 하고 삽니다. 하하."

심부름이라.

죽간은 정보다.

그런 정보의 운반을 맡았다는 것은 꽤나 자리가 낮지 않다는 걸 뜻했다.

게다가 정보는 빼앗기며 정말 최악이 상황이 된다. 예전 조선에서도 비선의 정보에 적무영이 장난질을 치는 바람에 정말 큰일 날 뻔한 적도 있었다.

그만큼 정보의 운반은 중요하다.

"하긴, 넌 대가리는 돌이지만 주먹도 돌이었지."

"하하, 그것 말고, 그냥 주변에 지켜주는 이들이 꽤나 됩니다."

말은 지켜주는 이들이라고 하지만, 아마 부하들일 거다. 조휘가 석두를 반기는 이유는 놈이 참 조휘와 비슷한 사유로 잡혀왔었기 때문이다.

그래서 반가움이 남달랐다. 잘살고 있는 모습을 보니 뭔가 뿌듯한 느낌이 스멀스멀 올라왔다.

"조장은 잘 지냈습니까?"
"글쎄, 그럭저럭 살고 있는 것 같네. 너는 할 만하냐?"
"어디건 타격대만 하겠습니까? 그저 살아남음에 감사하고 살 뿐이지요. 흐흐."
"겸손한 것도 여전하네?"
"미덕 아니겠습니까? 하하."
석두의 웃음은 시원시원했다.
살짝 답답했던 조휘의 가슴을 씻어줄 정도로. 그러다가 웃음이 뚝 끊겼다.
휙휙.
주변을 둘러보는 석두. 뭔가 할 말이 있는 것 같았다. 조휘가 괜찮다고 말하라고 하자, 그제야 입을 여는 석두.
"조장, 혹시 소식 들으셨습니까?"
"연 백호 죽은 거?"
"그 정도야 저놈들 있는 거 보니 당연히 알고 있을 거라 생각했습니다."
"다른 이야기냐?"
"네. 이건 혼자 좀 알아본 겁니다."
혼자 알아봤다라…….
확 당기는 애기였다.
이놈도 연 백호의 은(恩)을 입은 놈이다. 타격대에서 무사히 전역한 놈들, 아직도 무사한 놈들. 그놈들은 전부 연 백호의 은을 입었다고 해도 절대 과장이 아니었다.
"뭐냐?"

"연 백호가 죽은 날 전에 찾아온 놈들이 있습니다."

"놈… 들?"

"네."

"동(東)?"

만약 그렇다면 크게 중요한 얘기는 아니다. 흉수야 어차피 알고 있으니까.

당시 무슨 대화를 나눴는지 동창의 고위급 인사를 잡기 전까지는 아마 알아내기 힘들 것이다. 하지만 석두는 고개를 저었다.

"아닙니다. 위, 위… 아, 위 뭐더라? 무슨 위로 시작하고, 무슨 사로 끝나는데……."

누가 돌대가리 아니랄까 봐…….

조휘가 피식 웃고 말자, 은여령이 끼어들었다.

"위지휘사사(衛指揮使司)?"

"오! 맞습니다! 위지휘사사!"

석두가 은여령의 말에 손뼉을 짝 치며 맞다고 하자, 조휘는 혀로 입술을 핥았다. 위지휘사사. 조현승 때문에 겉 뼈대 정도는 알고 있었다.

"거기서 거시기 뭐냐. 무슨 오품인가 뭔가가 몇 날 며칠이고 찾아왔었습니다. 그것도 늦은 밤 몰래요."

"……."

조휘는 위지룡을 바라봤다.

위지룡이 그랬다.

밤늦게 찾아오는 놈들이 있었다고.

그게 흉수인지, 아니면 아군인지는 모르겠지만 결코 좋은 의도를 아닐 것 같았다. 왜? 늦은 밤 찾아왔고, 거기다 몰래 방문했으니까.

"그리고 마지막으로 본 사람은 제형……."

"제형안찰사사(提刑按察使司)요."

"오오, 맞습니다. 거기 사람이라 합니다."

조휘는 신기한 눈으로 석두를 바라봤다.

도대체 이걸 어떻게 알아냈을까?

눈빛을 읽었는지, 석두가 머리카락도 없는 머리를 긁적거렸다. 쑥스러운가 보다. 하지만 곧 다시 진지한 눈빛으로 돌아왔다.

"싹 뒤졌습니다. 아주 뢰주의 정보통이란 정보통들은 싹 만나고 다녔습니다. 그러다가 앵화라는 기녀를 만났습니다. 광주에서 흘러온 기녀인데, 연 백호가 죽기 전날 우연히 동향을 만났었다고 하더군요. 어린 시절 지인 중 가장 크게 성공한 사람이라 기억에 확실히 남아 있었답니다."

"그가 제형안찰사사의 사람이다?"

"네, 첨산가 뭔가 하는 직급이랍니다."

"……."

조휘는 시선을 돌려 은여령을 바라봤다.

첨사의 직급을 몰라서였다.

"첨사(僉司). 정오품의 관직이에요. 성내 한 구역을 감찰하는 임무라고 생각하시면 돼요."

"높은 건가?"

"예로부터, 감찰하는 자들은 항상 직급 이상의 권력을 손에 쥐고 다녔지요. 동이나, 서처럼."
"하긴."
조휘는 다시 석두를 바라봤다.
놈은 여전히 눈을 빛내고 있었다. 아직 말이 다 끝나지 않았다는 뜻.
"확실한 얘기지?"
"물론입니다! 그때부터 아주 싹 다시 뒤졌습니다. 인상착의부터 시작해서 아주 싹이요! 광주까지 직접 가서 얼굴도 보고 왔습니다. 그 기녀를 데리고요! 맞답니다! 자신이 그때 봐서 아는 척하려고 했던 그 친구가 맞답니다!"
"동창에 이어 제형안찰사사라……."
이거 참.
"이름은?"
"장운이랍니다."
"장운, 장운, 장운……."
그 이름을 곱씹어 보는 조휘.
입에 착착 감기면서도 뭔가 탁한 느낌이 났다. 물론 느낌 탓이다.
"도움이 좀 됐습니까?"
"그래, 아주 큰 도움 됐다."
"하하! 다행입니다."
"고생했다."
"아닙니다. 고생은 무슨……. 사람 새끼가 은혜를 입었으면 갚을 줄 알아야지요! 언제고 조장이 올 것 같았습니다. 다행히 조장이 찾아와 줘서 그간 한 고생에 보람을 느낍니다. 하하!"

피식.

머리는 나빠도, 은혜를 갚을 줄도 알고, 순하기까지 한 놈. 근데 걱정이 됐다. 연 백호와 관련됐다면 조심해야 한다. 연 백호의 부친은 무려 중군도독부의 도독이다.

나는 새도 말 한마디에 떨어뜨릴 수 있는 권력의 정점에 선 사람의 아들을 죽였다. 그것도 황제의 팔이라 할 수 있는 동창을 이용해.

"앞으로 조심해라. 혹시라도 꼬리가 밟혔으면 놈들이 무슨 짓을 할지 모르니까."

"하하, 안 그래도 이젠 조용히 살 생각입니다. 하지만 또 모릅니다. 뭔가 알게 되면… 뒤지고 다닐지."

"살아 있어야 복수도 볼 것 아냐? 몸조심하랄 때 말 들어."

"하하, 알겠습니다. 그럼 저는 이만 일어나보겠습니다. 집에 토끼 같은 마누라랑 여우 같은 자식이 있어서."

큭.

아하하!

여기저기서 웃음이 터졌다.

"어라, 제가 또 말실수했습니까? 으하하! 갑니다, 조장!"

"그래, 가라. 나중에 혹시 일 생기면 바로 오홍련 본단으로 넘어와. 내 이름을 대면 박대는 안 할 거다."

"네! 그럼 진짜 갑니다!"

쿵! 쿵쿵!

석두는 올라올 때처럼 소리를 내며 내려갔고, 조휘는 잠시 생각에 잠겼다. 전혀 예상치 못한 곳에서 단서를 얻었다.

"제형안찰사사, 첨사 장운."

"낮은 직급은 아니에요. 특히 이런 북경과 멀리 떨어진 성일 경우에는 웬만한 고위 관직보다 더 권력이 강할 거예요."

"그렇겠지."

"잡을 생각이세요?"

"음……."

고민이 됐다.

만약 이 정보를 조현승의 구출 작전 전에 알았더라면, 조휘는 조용히 뢰주를 떴을 거다. 자신의 복수는 일 순위, 그리고 연 백호의 복수는 이 순위이기 때문이다. 하지만 일단 임무는 받은 상태다.

"아니, 이 작전 끝내고 따로 잡아야지."

"그래요. 그보다 그 연 백호라는 분, 정말 사람이 좋았나 봐요? 당신도 그렇고, 저 두 사람도 그렇고, 출발 전에 찾아온 사내도 그렇고. 그리고 좀 전에 그 사내도 그렇고. 그의 죽음에 분개하고 억울함을 밝혀내려는 이들이 참 많네요."

"좋은 사람이었어. 그가 없었다면 나나 저놈들이나 분명 이름도 모를 어딘가에서 죽어 썩어 문드러졌을걸."

은여령은 조휘의 답에 말없이 고개만 끄덕였다. 싱긋한 웃음과 함께.

조휘는 고개를 한 번 털어 좀 전의 대화를 흘려냈다. 그리고 석두가 주고 간 죽간을 꺼냈다. 연 백호의 복수는 살짝 미뤄두고 이제는 작전에 집중해야 할 때였다.

*　　　*　　　*

조휘는 다음 날 바로 출발할 생각이었으나 새벽에 지급(至急)으로 날아온 이화매의 서신 때문에 뢰주에서 하루를 더 묶기로 결정했다.

지급의 내용은 추적, 탐색에 특화된 '감'을 지닌 '잠'을 보내줄 테니 같이 행동하라는 말과 한 달 안에 조현승을 찾지 못하면 바로 귀환한다는 말이 덧붙여 있었다.

그래서 뜻하지 않게 하루의 시간이 생겨버렸다. 조휘는 공작대에게 삼인 일조로 행동하라는 지침을 내리고는 저잣거리로 나왔다.

뢰주의 북서쪽 시전 거리. 십 년간이나 있었으니 익숙해야 하는 곳이지만 조휘에게는 생소한 곳이었다.

'십 년이나 이 근방서 살았는데 시전 거리를 처음 나오다니. 웃음밖에 안 나오네.'

익숙한 복장들.

뢰주 특유의 말투들이 정겨울 정도다.

"이곳 사람들은 얼굴들이 밝네요."

"해남도에 오 함대가 주둔 중이니까. 왜놈들도 여기까지는 어지간히 정신 줄 놓지 않은 이상은 못 들어오지."

"그렇군요."

원릉.

항상 희미한 미소를 머금고 있는 그이지만 왜구에게는 이화매만큼이나 악명을 떨쳤다.

항복? 포로를 받지 않는다는 조건으로 오홍련에 가입한 원륭이다. 말해 뭐 할까.

"그런데 여기에 볼일이 있는 건가요?"

"아니, 여길 지나야 돼."

따라오던 은여령이나 이화는 고개를 갸웃거렸다. 장산이나 위지룡이 같이 왔다면 조휘가 지금 어딜 가는지 금방 알았을 것이다.

한참을 걸어 시전 거리를 빠져나오자, 조휘가 원하던 곳이 보였다.

특색 없는 대장간.

조휘가 볼일이 있는 곳이다.

"계십니까?"

후끈한 열기를 맞으며 사람을 불러보는 조휘. 대답은 없었다. 사실 여기도 처음 찾아왔다.

그전에는 연 백호가 직접 사람을 시켜 볼일을 봤기 때문이다. 오늘은 생전 연 백호가 말해줬던 얘기를 토대로 찾아온 것이다.

"누구요?"

뒤늦게 사람이 나왔다.

사십 대의 장한, 이라는 표현이 정말 잘 어울리는 사내였다. 덥수룩한 수염도 그렇고, 그은 피부도 그렇고, 알알이 박힌 근육도 그렇고.

"도집을 수선하러 왔습니다."

"도집?"

그 말에 고개를 갸웃거리기에 조휘는 풍신과 쌍악을 꺼내 보여줬다. 그러자 대번에 아아, 하고 고개를 끄덕이는 장한이다. 손을 내밀기에 잠깐 멈칫했지만, 이내 건네줬다.

"우리 아버지가 만들었던 도집이오, 이건."

그르릉.

풍신이 울음을 토해내며 뽑혀져 나왔다. 하지만 옛날과는 상당히 달라져 있었다. 예전에는 마치 짐승이 낮게 그르렁거리는 느낌이었다. 물론, 공격성을 잔뜩 머금은.

하지만 지금은 공격성보다는 뭔가 찝찝하고 불쾌한 느낌이 들었다. 도집이 상했기 때문이었다. 풍신과 쌍악의 예기를 감당치 못한 것이다.

"이거 아주 지랄 맞게 날카롭구만."

"……."

"벌써 안이 상했소. 발도의 힘을 감당하지 못하는 거요. 수선도 내가 실력이 부족해 힘들어 보이고, 아예 통째로 바꿔야겠소."

"사겠습니다."

"어쩐지 똑같은 재질에, 길이의 도집을 많이 만들어 두셨다 했지. 이것 때문에 그리 많이 만들어두고 가셨구먼."

"돌아가셨습니까?"

"반년 됐소. 잠깐 기다리시오."

"……."

사실 일면식도 없다.

그래서 별다른 감정은 들지 않았다. 다만, 솜씨 좋은 장인의 죽음에 애도를 표했을 뿐. 사내는 가죽 포대 하나를 들고 나왔다. 열어 보니 안에 길이가 제각각 다른 도집이 잔뜩 들어 있었다.

재질도, 표면의 장식도 전부 똑같았다. 무광택에 칠흑을 품은 것처럼 탁한 검은색.

"은자 하나만 주쇼."

"……."

이게 은자 하나일 리는 없었다.

하지만 조휘는 말없이 은자 하나를 꺼내 건넸다. 더 주고 싶지만 그랬다간 오히려 싫어할 것 같았다. 고집이 세 보이는 인상이다.

조휘는 밖으로 나왔다. 이화는 비도 스무 개를 샀고, 은여령은 아무것도 사지 않았다. 그녀는 오직 검만 고집했고, 검 하나면 충분했으니까. 그리고 작전 중 사용할 비도는 챙겨온 것만으로도 충분하다.

이제 볼일은 없었다.

뢰주에 아는 사람 하나 없고, 그렇다고 이곳저곳 기웃거리면서 구경에 취미를 가진 조휘도 아니다.

바로 휘문 객잔으로 들어서자, 공작대와 위지룡, 장산이 일층에 모여 있었다. 그런데 분위기가 요상했다.

게다가 두 놈은 술까지 마시고 있었다. 얼굴을 보니 퍼부어 마신 건 아니고, 한두 잔 정도 한 것 같았다.

"뭔 일이냐."

자리를 잡으면서 묻는 조휘.

하아…….

깊은 한숨이 대신 나왔다.

조휘는 보채지 않았다. 굳이 보채지 않아도 정리되면 말해줄 걸 알기 때문이다. 대낮이지만 조휘도 잔에 독한 화주 한잔을 따라 쭉 들이켰다. 사실 감이 조금은 오고 있었다.

'이놈들 아침에 타격대 놈들 보러 갔다 온다고 했지.'

아니길 바랄 뿐이다.

하지만,

"전멸했답니다. 으하핫!"

장산이 입으로는 웃으며, 눈으로는 울며 내뱉은 말에 조휘는 하아, 짧은 한숨을 내쉬었다. 위지룡을 다시 바라보자 부연 설명을 들을 수 있었다.

"어제 저녁 양강에 왜구가 들이닥쳤답니다. 사전에 초계함대에서 정보를 입수했던 터라 발 빠르게 지원은 했는데, 그게……."

"함정?"

"네, 적각 다섯, 청각 하나가 섞여 있어서 도망도 못 치고 전멸했답니다."

"……."

잠깐, 적각 다섯, 청각 하나?

조휘는 침묵했지만 머리가 갑작스레 혼란스러워졌다. 십 년간 있으면서도 조휘가 본 적각의 수도 손에 꼽는다.

'그런데 약탈전에 적각이 다섯, 청각이 하나가 섞여 왔다고?'

만약 그냥 들었다면 개소리라 치부했을지도 모를 정도로 어이가 없는 말이었다. 하지만 안 믿을 수가 없었다. 만약 지금 장산이랑 위지룡이 돌아 가지고 자신을 속이려고 작정한 게 아니라면 말이다.

"도망친 놈은? 하나도 없나?"

"모조리 죽었답니다. 시신은커녕 다리 하나 수습하지 못했다고……."

"……."

으득.

화르르……!

이가 혹 갈리면서, 눈에서 불길이 확 치솟았다.

타격대.

죽어 마땅한 쓰레기들을 모아 재활용하는 곳.

본래 취지는 그렇다.

하지만 속사정을 까뒤집어 보면 상당히 다르다. 아니, 완전히 다르다. 죽어 마땅한 새끼들 말고, 억울하게 잡혀 온 놈들이 태반을 훌쩍 넘는다.

'나처럼 말이지……'

그런 곳이 타격대다.

"씨발 새끼……."

그때 장산이 음산한 목소리로 욕을 내뱉었다. 공작대 전체가 반응하고, 조휘도 등골이 서늘할 정도로 살기가 짙었다. 눈을 보니 이성을 잃기 직전이었다.

"장산, 정신 차려."

낮게 깔린 조휘의 말은 장산에게는 즉효였는지, 장산은 바로 어느 정도 정신을 수습했다. 위지룡이 이를 으득 갈고는 다시 말했다.

"새로이 백호가 된 새끼는 배에서 내리지도 않았답니다. 그리고 타격대가 당하는 걸 보자 바로 배 돌려 도망을… 으득!"

장산이 화가 난 이유였다.

위지룡도 마찬가지로 화가 나 있었고, 조휘도 마찬가지였다.

진심으로 짜증이 올라왔다.

전장에서 도망친 지휘관.

죽어 마땅한 죄다, 그건.

어제도 그렇고, 오늘도 그렇고, 연달아 연 백호가 떠오르는 소식만 전해 듣는다. 조휘는 마치 이게 하늘의 계시가 아닌가 싶었다.

"그 새끼 이름은?"

"후우, 장응서란 놈입니다."

"장응서?"

"네."

연 백호의 죽음과 관계되어 있을 거라 의심되는 장운이란 이름을 어제 들었다. 우연의 일치일까?

"세상천지 가장 흔한 성 씨가 장 씨지."

"……."

"……."

조휘의 나직하지만, 뭔가 회심의 찬 말에 장산도, 위지룡도 침묵으로 일관했지만 눈빛만큼은 살벌하게 빛났다.

"그러니 있을 수 있어. 장운이란 놈이 연 백호를 찾아왔을 수 있고. 장웅서란 놈이 연 백호가 죽고 그 자리를 꿰찰 수도 있어. 그래, 다 있을 수도 있다고. 이런 우연은 충분히 세상 살면서 일어날 수도 있는 일이지."

"……."

"……."

킥킥!

장산의 억눌린 웃음은 뭔가를 바라는, 그리고 의미하는 웃음 같았다. 눈빛에 새파랗게 감도는 살기를 보면, 어째 피바람이 불 것 같았다.

"근데 난 이런 우연 진짜 싫어. 매번 나한테만 겹치니까, 이젠 우연 같지도 않더라고. 그럼 우연이 아니면 뭘까? 필연(必然)이겠지? 장산, 위지룡."

"네……."

"네……."

둘답지 않게 질질 끄는 대답.

"알아내, 무슨 수를 써서든."

"흐흐."

"알겠습니다."

한 사람은 웃음을, 한 사람은 똑 부러지게 대답을 했다. 조휘는 여전히 차가운 어조로 말을 더 이었다.

"길어야 반나절 더 남았다. 내일이면 뢰주를 떠야 돼. 그 안에 알아내라. 그리고 명심해. 애먼 놈한테 성질부리는 것도 안 돼. 놈이 연관된 게 아니면 미련 접고 뜬다."

"알겠수."

"걱정 마십시오. 어제 석두 그놈 다시 불러다가 일 시켜 보면 금방 나옵니다."

드륵!

의자 밀리는 소리가 날 때쯤 둘은 이미 객잔 밖으로 튕겨나가고 있었다. 넘어진 의자를 들어 조휘 앞에 놓고 앉는 은여령. 그리고 그 옆에 이화가 앉았다. 조휘는 공작대원 하나를 불렀다.

"뢰주 상단에 가서 황곽 님에게 내가 좀 보잔다고 전해. 자정 전까지 오시되, 조용히 오셔야 된다고 해. 아, 올 때 장응서의 정보를 싹 알아 와. 장산이나 위지룡은 늦을 테니까 빨리 와야 된다. 꼬리 잡혀도 좋으니까 용모만이라도 캐서 와."

"네."

공작대원 셋이 조용히 빠져나갔다. 조휘는 다시 공작대원 한 조를 불렀다.

"뢰주 군영 근방에서 대기해. 어제 일이 터졌으면 분명 사후 처리 때문에 아직 군영에 있을 거야. 어디에서 뭐 하는지 절대 눈에서 떨어지는 일 없게 해. 축시 초가 되면 바로 알리고. 나는 이 자리에 대기하겠다. 아, 용모파기는 바로 보내주마."

"네."

셋이 더 빠져나갔다.

그리고 남은 전부를 부른다.

"북문으로 가. 도망가면 가장 빠른 그 길로 나갈 거다. 만약 도망간다면 현장 상황이 우선이다. 재량껏 판단해서 움직여. 퇴각은 북문이 닫히는 시간이고. 마찬가지로 놈에 대한 정보는 애들 통해서 바로 보내지."

"네."

역시나 짧은 대답 이후 남은 공작대원 넷이 다 빠져나갔다.

이제 할 수 있는 건 전부 해놨다. 이화매가 부탁한 것도 급한 일이다. 그리고 그쪽이 먼저 해야 할 일도 맞다. 그 점을 조휘는 잊지 않았다.

하지만 당장 시간이 남았다.

이화매가 하루 대기하라는 서신을 어제 밤늦게 받은지라, 반나절의 시간적 여유가 생겼다. 타격대가 전멸당했다.

이름도 전부 열거하지 못할 거다.

거기서 죽어간 동료들의 수는…….

으득!

그러니 화가 난다.

연 백호에 죽음과 연관되었을 거라 의심되는 장 씨 성의 그 두 놈 때문에 말이다.

"이해해. 내 과민 반응일 수도 있지. 다 나 혼자 개지랄 떠는 것일 수도 있다는 거, 잘 안다고……."

우두둑!

그런데 왜일까.

쿵, 쿵쿵!

심장이 뛰기 시작하는 게, 이상할 정도였다. 마(魔)는 아직이다. 이 정도로 냉정한 이성을 유지 중이다. 사고가 휙휙 돌아가는 걸 보니 아직 완전히 감염된 건 아니다. 근데 심장이 꼬리에 불이 붙은 망아지처럼 날뛰고 있었다.

너무 빨리 뛰어서, 이러다 터지는 건 아닐까 싶을 정도로 고속 질주를 하고 있었다.

"근데 뭔가, 감이 달라. 다르다고……."

누군가에게 하는 혼잣말일까?

아니면 이화나 은여령에게 들으라고 하는 말일까? 모르겠다. 지금 조휘의 눈빛은 좀 이상했으니까, 초점이 잡혀 있지 않았으니까.

그래서일까? 은여령이나 이화는 걱정스러운 눈빛으로 조휘를 바라봤다.

조선에서 적무영을 만난 이후 조휘는 변했다. 아니, 원래대로 돌아간 게 맞을 것이다. 다만, 둘은 그걸 모를 뿐.

후, 후우, 후, 후우우.

조휘의 호흡은 규칙적이지 못했다. 그런데 시간은 참으로 잘만 흘러갔다.

자정이 오기 전, 장산과 위지룡이 돌아왔다. 이번엔 조휘의 감이 맞았다. 둘은 장응서가 길장 상단을 통해 장운에게 몰래 보낸 서신을 탈취해 왔다. 그래서 조휘는 웃었다.

아주… 살벌하게.

뢰주에서 가장 잘사는 지역이 어디냐고 묻는다면 열에 아홉은 동문로를 꼽을 것이다. 으리으리한 고관 저택이 들어선, 뢰주와는 전혀 어울리지 않는 집들이 즐비한 곳이다. 그래서 그런가, 아니면 찔리는 게 많아 그런가?

야밤인데도 집과 집 사이로 순찰을 도는 병사들이 꽤나 많았다. 물론, 그 정도는 별로 장애가 되진 않았다. 조휘와 일행은 귀신같이 은밀히 장웅서의 저택에 도착했다. 도착해 보니 놈의 저택에도 순찰을 도는 병사들이 있었다.

"저놈들, 정규군은 아닙니다."

"보아하니 사병들인 모양인데……."

장산과 위지룡이 놈들의 복장을 보며 중얼거렸다. 조휘는 위지룡의 말을 달리 이해했다.

사병. 정규군이 아닌 오홍련처럼 고용된 무사들이라고 보면 된다.

"상황에 따라 죽여도 상관없다는 거지."

"맞습니다. 어차피 돈에 의해 고용된 놈들입니다."

돈, 그놈의 돈.

인간의 감정을 극히 추악하게 만드는 데는 진짜 도가 트다 못해 일등인 놈, 그게 돈이다. 돈이면 마귀에게 영혼을 판다는 말도 있으니까.

그러니까 상황을 봐서, 돈에 영혼을 판 놈들이다 싶은 것들은 싹 죽여도 된다.

장운과 장웅서, 그 개새끼 같은 놈 밑에 있다는 사실만으로도 죽을 이유는 차다 못해 넘친다.

"다음 순찰조가 지나가면 진입한다."

"네."

"흐흐, 알았수."

짧은 대답. 각자의 성격이 고스란히 담긴 대답에 이어 조휘는 조용히 다음 순찰조가 오길 기다렸다. 순찰조의 움직임은 일정했다. 틈이 고스란히 보일 정도로 똑같았다. 아마 평화가 길었을 거다. 그리고 사병을 고용하긴 했지만, 이곳 뢰주에서는 자신을 해할 세력이 없다고 판단한 것이다. 그러니 저따위로 순찰을 도는데도 그냥 두는 거다. 이게 조휘가 한 시진 가까이 지켜보며 얻은 결론이다.

'뒈질 때가 된 거다.'

아니, 벌써 죽였어야 했다.

'개새끼…….'

놈은 장운과 아주 가까운 사이다.

숙부, 서신에는 분명 그런 호칭이 적혀 있었다. 타격대는 '전멸'시켰고, 앞으로 어떻게 해야 하는지 지침을 내려달라는 말이 적혀 있었다. 깊이 고민할 필요도 없었다. 잡아서 족친 다음, 싹 불게 하면 된다.

동창도, 서창도 아닌 놈이니 칼침 제대로 몇 방만 놔주면 아마 전부 술술 불 것이다. 알아보니 뼈대가 굵은 놈도 아니었다.

순찰조가 다가온다.

그리고 주변을 살펴볼 생각도 안 하고 잡담을 나누며 지나갔다. 버젓이 담벼락 아래 어둠 속에 조휘와 그 일행이 숨어 있는데도.

이 정도면 아예 뚫어달라고 발악을 하는 것과 다름이 없었다. 순찰조가 전각을 돌아 사라지자, 조휘의 손이 들렸다.

"소음 안 나게 조심해."

"……."

"……."

대답은 없었다.

그 침묵은 작전 개시의 신호탄이 되었다.

슥!

살짝 폭신한 신발은 신기하게도 소음조차 잡아먹었다. 오홍련의 개발부에서 또 만들어낸 작전용 신발이다. 조휘는 만족스러움에 어둠 속에서도 새파랗게 빛나는 미소를 입가에 그렸다. 전각 사이를 휙 도니, 곳곳에 불이 켜져 있었다.

모닥불을 피워놓고 자거나, 떠드는 놈들이 다섯. 첫 번째 표적은 순찰조다. 퉁! 투두두둥! 조휘의 바로 뒤를 따라온 홍뢰가 불을 품었다. 두 놈이 각각 뒤통수에 화살 두세 발씩을 꼽고는 앞으로 쿵 넘어갔다.

타다다닷!

그사이 이미 조휘는 쌍악을 뽑아 들고, 쓰러진 순찰조 두 놈을 타 넘어 달리고 있었다. 그런 조휘의 양옆을 은여령과 이화매가 차지하고 달렸다. 가장 재빠른 이들이다. 여인이 아니라 무인인 것이다.

"음?"

타닷, 하는 소리에 고개를 돌리는 놈이 하나.

서걱!

바로 모가지를 갈라버렸다.

푸슉!

피가 훅 튀어나며, 떠들던 세 놈이 어? 하는 표정을 지었다.

"저승길 가기 전 유언으로는 너무 짧은 거 아니냐?"

서늘한 말을 내뱉는 조휘다. 물론 몸은 재차 움직이고 있었다. 가장 가까운 놈에게 다가가 백악을 폐에다 꽂아 넣었다. 푹! 소리가 나도록 꽂힌 칼날에 억……! 하는 외마디 비명만 흘렸다. 게다가 억눌린 신음이었다.

서걱!

빡!

쩌적!

은여령의 검이 목을 날려버리는 소리, 이화의 목도가 두개골을 쪼개버리는 소리가 거의 동시에 들렸다.

"으음, 아, 시끄럽……."

푹!

자다 깬 놈이 상체를 일으키는데, 그 순간 면전에 꽂히는 화살 한 발. 아주 정확하게 이마 중앙에 처박혔고, 뒤로 촉이 삐죽 튀어나왔다. 동시에 고개가 훅 젖혀지며 자빠졌다. 볼 것도 없이 즉사다. 이마를 꿰뚫리고 살 수 있는 놈은 세상천지 절대 존재하지 않을 테니까.

공작대가 다가왔다.

조휘는 손으로 지시를 내렸다.

공작대 반은 사병 숙소의 경계, 나머지 반은 전각을 돌며 제압전을 치를 거다. 싹 죽이지는 않는다.

하지만 칼이나 창을 든, 죽어야 될 놈들은 싹 죽일 거다.

그게 이번 작전의 목표였다.

공작대가 흩어지자 조휘는 가장 큰 전각에 시선을 두었다. 아마, 아니 분명 저 전각에 장웅서가 있을 것이다.

'내기를 해도 좋다. 저기에 놈이 있다는 데.'

딱 봐도 가장 으리으리한 전각이다. 그런 전각을 놔두고 다른 곳에서 잘 이유가 절대로 없을 테니까 나온 확신이다.

조용히 다가가 문에다 귀를 대는 조휘.

크르릉, 크르릉.

코 고는 소리가 아주 요란했다.

밖에서 뭔 일이 벌어지고 있는지도 모르고 처자고 있는 거다. 피식. 그래서 저도 모르게 실소가 나왔다.

이런 놈들에게 조휘와 연 백호가 악착같이 지킨 타격대가 전멸을 당했다. 적각 다섯에 청각 하나?

말도 안 되는 숫자다.

이건 분명 내통으로 인해 벌어진 일이다.

끼익.

문고리를 잡고 슬쩍 밀자 잠깐 버티다가 밀려나는 문. 열린 문 사이로 찐득하고 불쾌한 주향이 훅 들어왔다. 저도 모르게 인상이 찌푸려질 정도였다. 호롱불 하나가 켜 있어서 안의 정경이 바로 눈에 들어왔다.

방은 아주 넓었다.

타격대에서 스무 명이 쓰던 숙소보다 훨씬 더 넓었다. 양쪽으로 줄줄이 누워서 자면 못해도 서른 정도는 아주 널찍하게 잘 수 있을 정도였다. 그러니 또 속이 뒤틀렸다. 지 수하들은 모조리 죽게 해놓고. 아니, 일부러 사지(死地)로 몰아넣고 지는 이렇게 속 편하게 자고 있다.

"개새끼가……."

입술을 비집고 욕이 튀어나왔다.

벌거벗고 자는 놈의 곁으로 희고 고운 살결을 고스란히 내비치고 있는 여인 둘이 보였다. 딱 봐도 자기 전에 무슨 짓을 했는지 알 수 있었다. 안으로 들어서는 조휘. 이번에는 한쪽에 마구 어질러져 있는 술상이 보였다.

제대로 처먹은 게 하나도 없다.

또 열불이 터졌다.

놈이 처먹은 안주들을 돈으로 바꿔 타격대의 식사를 챙겨준다면 아주 맛난 고기를 배터지게 뜯을 수 있었을 거다.

이런 게 정말 싫다.

"여인들 제압해서 내보내."

"네."

"옙!"

조휘의 명령에 은여령, 이화가 바로 대답하고 여인들에게 다가갔다. 기녀인지, 아니면 정부인지, 첩실인지 그딴 건 중요하지 않았다. 솔직히 말해 목을 따고 싶지만 거기까지 넘어가진 않은 걸로도 저 여인들은 감사해야 할 것이다.

술을 얼마나 처먹었는지, 여인들은 이화와 은여령이 들쳐 업는데도 미동조차 없었다. 아예 술에 떡이 된 상태였다.

두 사람이 나가고, 장산과 위지룡이 들어왔다. 그렇게 두 사람이 들어왔는데도 장웅서는 여전히 죽은 것처럼 미동이 없었다.

크르릉, 크르릉.

코를 요란스레 굴면서 자고 있었다.

사신이 온 줄도 모르고 참… 그에 대한 책임은 혹독하게 질 것이다.

좌악!

“으! 으악!”

아직 새벽은 춥다.

그러니 우물물도 매우 차다.

그런 찬물이 전신으로 떨어지니 장응서는 화들짝 놀라면서 깼다. 그러더니 지랄 발광을 시작했다.

“아주 지랄을 하고 있네.”

그걸 지켜보던 장산의 입에서 그답지 않게 굉장히 싸늘한 말이 흘러나왔다. 두 눈에서는 살광이 번뜩였다.

“누, 누구냐!”

“나? 니 애비다, 씨벌 놈아!”

쩍!

귀싸대기를 후려쳤는데 무슨 박 쪼개지는 소리가 들렸다. 손바닥 안쪽으로 후려쳤기 때문이다. 피가 훅 튀면서 놈이 쭉 날아갔다. 그러더니 사지를 부들부들 떨다가 축 늘어졌다. 죽진 않았고, 기절했다. 웬만큼 맷집이 좋아도 장산의 귀싸대기는 잘못 맞으면 영혼이 가출한다. 완력 자체가 정말 타고난 놈이었고, 그 힘을 아주 제대로 쓸 줄 알았다. 기절한 장응서에게서 시선을 뗀 장산이 조휘를 바라봤다.

“이 새끼, 이거, 여기서 작업합니까?”

“아가리 틀어막고 챙겨.”

“네, 흐흐!”

부욱!

주변에 널린 이불을 찢어 놈의 입에 틀어막고, 품에서 큰 포대 하나를 꺼내 놈을 담아 그대로 둘러메는 장산. 힘 하난 타고난 놈이니 별로 힘도 안 들 거다. 이후 썰물처럼 놈의 장원에서 빠져나가는 조휘와 공작대.

멈춘 곳은 오홍련 전용 선착장이었다. 여긴 관군도 들어올 수 없는 곳이라 작업하기 딱 좋은 곳이었다.

* * *

촤악!

도착하자마자 바로 통에 차디찬 바닷물을 떠서 뿌려버리는 장산.

“흐아! 흐아악!”

놈이 다시 기겁하면서 일어났다.

사지를 묶어 놨으니 이전처럼 지랄발광은 못 떨고 그냥 지렁이처럼 꿈틀거리기만 했다. 잠시 후 정신을 차렸는지, 주변을 휙휙 돌아봤다. 이후 시선이 조휘 앞에서 멈췄다.

“누, 누구냐!”

“뢰주 군영 타격대 소속 백호장 장응서 맞지?”

“그렇다! 내가 대명의 백호장 장응서다! 이놈들! 어서 풀지 못할까!”

피식.

기가 막혀 나온 웃음은 역시나 비릿한 조소였다. 사태 파악을 이리도 못 하다니, 믿는 구석이 있는가 보다.

"장응서, 상황 파악 좀 하자. 응?"

"어서 이 줄을 풀어라!"

놈이 다시 악다구니를 쓰자, 위지룡이 차갑게 웃는 낯으로 다가갔다.

"아… 거참, 개새끼가 말귀 더럽게 못 알아듣네."

쫘악……!

머리채를 잡은 다음 손바닥이 채찍처럼 휘둘러지더니, 볼살이 찢어질 정도로 출렁이는 귀싸대기 한 방을 날렸다. 놈은 눈만 끔뻑거릴 뿐 비명도 지르지 못했다.

"장응서."

"으, 으으……."

조휘의 부름에 침을 줄줄 흘리며 덜덜 떠는 장응서. 위지룡의 싸대기 한 방에 거의 영혼이 빠져나갈 정도로 충격을 입은 거다. 그러자 다시 촤악! 물을 끼얹자 으헉! 하고 정신을 차렸다.

"장응서."

"누, 누구시오……."

이제야 기어들어 간 목소리가 들려왔다.

"안 되겠다. 일단 좀 다져 놔라."

조휘는 몸을 일으켰다.

대화할 준비가 안 된 놈이다.

그럼 어떻게 해야 할까?

준비시키면 된다.

세상에서 가장 단순하고 강력한 폭력으로. 공작대원 하나가 동그랗게 깎아 낸 몽둥이 하나를 가져왔다.

장산은 몽둥이를 손에 쥐고, 장응서를 바라본 다음 히죽 웃었다.

"사, 살려……."

빡!

빠각!

놈의 애원은, 뼈를 조각내는 통증 앞에 스러져 갔다. 열이 받을 대로 받은 장산과 위지룡은 일각이 지나도록 구타를 멈추지 않았다.

이각 뒤.

"장응서."

"네! 네네!"

조휘의 부름에 아주 빠르게 답이 들려왔다. 역시 폭력은 단순하지만 원하는 상황을 만들기 참 쉽다. 특히 이런 쓰레기 같은 놈들에게는 더욱 잘 먹혔다. 능력은커녕 연줄로 벼슬에 오른 것들.

깡이라고는 눈을 씻고 찾아봐도 없는 것들.

조휘가 정말 격렬하게 증오하는 부류다.

"왜 그랬냐?"

"네, 네? 으으……."

"왜 불쌍한 애들 사지로 밀어 넣었냐고."

"그, 그게……."

"그래놓고 너는 술이 목구멍으로 넘어가디? 응?"

"아, 그, 그건……."

쩍!

말을 떨자 곧바로 장산의 응징이 이어졌다. 둔탁한 한 방에 땅바닥에 대가리를 처박았다가 악을 쓰며 다시 자세를 잡는다. 구타 중 몸에 익힌 거다. 말은 똑바로 알아들을 수 있게 해라. 자세는 바르게. 언제고 두드려 팰 수 있는 좋은 자세를 만들어 놔라. 누가 그 말을 듣냐고?

폭력에는 장사 없다. 특히 이런 놈들은 한 번이고 두 번이고 될 때까지 다져만 주면 된다. 제대로.

"이, 개새끼야. 말 웅얼거리지 말라고 했다?"

"네! 네네! 또, 똑바로 하겠습니다!"

폭력에 무릎 꿇은 장웅서는 뭐든 해다 바칠 각오가 넘쳐 보였다. 어떻게든 살고 싶은 거다. 시간이라도 끌어 보려면 원하는 질문에 대한 답을 재깍재깍 해줘야 한다는 것도 알고 있었다. 조휘도 놈이 그런 생각이란 걸 안다. 하지만 굳이 말해주진 않았다.

해는 아직 뜰 기미가 안 보인다. 이제 슬슬 뜨겠지만, 그래도 시간은 충분했다.

연 백호와 함께 악을 쓰며 지켰던 불쌍한 녀석들을 왜구의 칼날에 쓰러지게 만든 이 새끼는 절대 곱게 보내줄 생각이 없었다.

"다시 묻는다. 왜 애들 사지로 밀어 넣었어?"

"그건 상부의 지……."

쫘악……!

개소리가 나온다.

그러자 이번엔 위지룡이 장응서의 뺨을 후려갈겼다. 놈의 고개가 획 돌아가며 몸이 뒤로 훅 넘어갔다. 하지만 재깍 일어나 다시 무릎 꿇은 자세를 만들었다. 어깨가 덜덜, 온몸이 부르르 떨리고 있었다.

뺨이 찢어진 것 같을 것이다. 손으로 만져보고 싶을 거다. 하지만 손은 이미 뒤로 결박되어 있어 찢어지는 고통이 느껴지는 뺨을 만지고 싶어도 만질 수는 없었다.

"마지막으로 물을게. 이번에도 개소리로 대답하면… 이번엔 손가락 죄다 잘려나갈 줄 알아."

"네! 네!"

"애들 왜 사지로 밀어 넣었어?"

"지시가 있었습니다!"

이번에도 비슷한 대답이었다. 하지만 다른 것도 있었다.

바로 '상부'라는 단어가 빠져 있었기 때문이다.

"지시? 누구 지시?"

"수, 숙부님의 지시입니다!"

"숙부라… 장운?"

"억……."

놈이 억눌린 신음을 흘리더니 고개를 느릿하게 들었다. 피식. 모를 거라 생각했나 보다. 하지만 이미 들었다. 석두가 겨우겨우 알아낸 정보였다. 모든 게 딱 맞물려 돌아가니 이건 뭐, 하늘이 연 백호의 죽음을 꼭 갚으라고 밀어주는 것 같았다.

"제형안찰사사의 첨사 장운. 맞지?"

"그, 그걸 어떻게……."

"어떻게 알았냐고?"

"으, 그게……."

히죽.

"어떻게 알았을까?"

"악!"

조휘의 웃음과 함께 나온 질문에 놈이 고개를 푹 숙였다. 조휘가 말을 끝내고 손바닥을 들어 올렸기 때문이다. 깡이라고는 진짜 쥐꼬리만큼도 없는 놈이다.

"고개 들자."

"사, 살려 주십……!"

빡!

억…….

장산의 주먹이 놈의 옆구리에 처박혔다. 힘을 조절한 한 방이라, 뼈가 박살 나진 않았다. 장산이 진짜 제대로 힘을 써서 후려갈기면 단방에 뼈를 부술 수 있을 것이다. 하지만 이놈은 불어야 하는 게 많다.

그래서 그냥 치는 거다.

이건 타격대에서도 많이 해봤다.

"애원은 나중에 하고, 묻는 말에 대답이나 해. 내가 어떻게 알았을 것 같냐?"

"그건……."

"모르겠지? 그럼 질문을 바꾸자. 내가 왜 널 잡아 온 것 같냐?"

"……."

눈알이 데굴데굴 굴러 다녔다.

그걸 본 조휘는 또 실소를 흘렸다. 예전에 용강과 방원, 적운양을 잡아 족칠 때도 말했듯이, 눈깔 굴리는 새끼들치고 진실을 고하는 새끼는 거의 없다. 아니, 아예 못 봤다. 조휘는 다시 몸을 세웠다.

"이 새끼 아직도 눈깔 굴린다. 더 조져봐."

"네, 흐흐."

우둑! 우둑!

장산이 주먹을 풀면서 대답했고,

"맡겨주십시오."

붕, 부웅!

위지룡이 몽둥이를 휘두르며 대답했다.

어느새 둘의 얼굴에는 다시금 진득한 살기가 흘렀다. 그 살기는 진심이었다.

솔직히 말해 둘은 지금 당장 이 새끼의 입을 열게 한 다음 찢어 죽여 버리고 싶었으니까.

하지만 모든 일엔 순서가 있는 법.

지금은 조휘의 말을 따를 때였다.

퍽!

아까 때렸던 반대쪽 옆구리에 장산의 주먹이 꽂혔다. 내부의 장기가 충격을 받았는지 놈은 입을 반사적으로 벌렸지만, 신음은 크게 나오지 않았다.

"억……."

빡!

다음 어깨로 위지룡의 몽둥이가 뚝 떨어졌다. 쇄골 위 어깨뼈를 아주 정확하게 쳤고, 이번엔 악! 하는 비명과 함께 뒤로 벌러덩 자빠졌다.

해도 뜨지 않아 사위는 어둡지만 곳곳에 펴놓은 모닥불로 인해 때리는 데 장애는 하나도 없었다.

퍽! 빡! 퍽! 빡!

장응서를 두들기는 소리는 마치 하나의 화음처럼 연결되어 선착장을 울렸다. 조휘는 그걸 조금 떨어진 곳에서 조용히 지켜보고 있었다. 맞은 다음에는 바로 재깍재깍 대답했지만, 조금 시간이 지나니 다시 눈깔을 굴린다.

저런 놈들, 역시나 겪어 본 적이 있었다.

용강회에서 대가리 노릇을 하던 서생도 그랬다. 어떻게든 살려고 눈깔을 굴려대는데, 그게 조휘에게는 오히려 역하게 다가온다. 그래서 더 안 봐주는 거다.

그리고 알아내야 할 게 좀 더 있었다.

일단 분위기를 잡는 게 먼저다.

기가 완전히 꺾이면 그때부터는 안 물어봐도 죄다 토해낼 것이다. 다시 맞고 싶지는 않을 테니까.

어차피 깡다구도 없는 놈이라 오래 걸리진 않을 것 같았다.

반각 안 되게끔 둘이 조지자, 장응서는 제발 살려달라고 엉엉 울며 애원했다.

"거의 다 왔네."

"네?"

"다 왔다고. 저기서 조금만 더 넘어가면 아예 꺾이는 거야."

"아……."

조휘는 타격대에서 신나게 패본 경험이 있었다. 많을 때는 하루에 네다섯 번씩 개기던 놈들을 조져놨었다. 그러니 아는 것이다.

둘이 대여섯 대씩 번갈아가면서 팼을 때 조휘가 다시 움직였다.

"그만."

그 말에 막 얼굴에 싸대기를 날리려던 장산이 우뚝 멈췄다. 고개를 돌리더니 조휘를 빤히 보며 입을 열었다.

"한 대만 더 때리면 안 되겠수?"

"마음대로."

"흐."

쩍!

우둑!

손바닥으로 안면을 누르듯 찍어 치자, 뭔가 주저앉는 소리가 들렸다. 코가 주저앉으며 난 소리였다.

하지만 말했듯이 저것도 봐준 거다. 제대로 때렸으면 단순히 코뼈 주저앉는 정도로는 안 끝났을 거다.

다시 장응서의 앞에 가서 앉는 조휘.

"다시 시작하자. 내가 널 왜 잡아온 것 같냐?"

"모, 모르겠습니다… 흐엉!"

눈물이 코피에 섞인 다음 다시 침과 섞여 주르륵 흘렀다. 말하는데도 힘들지는 않을 것이다. 장산과 위지룡은 말하는 데 필요한 부위는 아예 손도 안 댔으니까. 사람을 두들기는 데 있어서 둘 다 조휘만큼은 됐다.

"연 백호 다음 들어왔지?"

"네, 네. 그렇습니다……!"

"그럼 저 두 놈이 누군지 알아? 너 오기 전에 전역한 놈들이야. 장산과 위지룡이라고."

"아, 아아……."

"그럼 나는 누굴까?"

"……."

"마도라고 들어봤어?"

"마, 마도… 흡! 어억……."

놈이 억눌린 신음을 흘렸다.

들어는 봤나 보다.

제 입으로 별호를 말하니 낯이 간지럽긴 했지만, 효과만큼은 제대로였다. 장웅서의 두 눈이 대번에 커졌고, 눈동자에 재빠른 뭔가가 스쳐 지나갔다.

"자, 이제부터 본론이다. 넌 나와 연 백호가 악착같이 살려낸 타격대를 모조리 왜놈들에게 갖다 받쳤어. 그것도 적각과 청각이 우글거리는 곳에. 이게 내가 너를 잡아다 족치는 이유다. 그러니까 말해. 싹 다 말해."

"죄, 죄송합니다……. 저는 그저 장운 숙부가 그렇게 하라고 해서……!"

"장운이 시킨 거야 나도 알아. 근데 중요한 건 그게 아니라, 왜 타격대를 사지로 보냈냐는 거야. 그게 궁금한 거야."

"그, 그게……."

놈은 다시 말을 잇지 못했다. 그에 조휘의 인상이 대번에 굳었다. 아직도 정신을 못 차린 건지, 아니면 정말 말을 못 하겠는 건지는 상관없었다. 이럴 땐 그냥 또 패면 되니까.

조휘가 일어나려고 하자 놈이 악! 아악! 다 말하겠습니다! 악다구니를 썼다.

"타, 타격대에서 자꾸 오홍련으로 들어가는 이들이 생겨서 내린 결정이라고 알고 있습니다!"

"뭐?"

"뢰, 뢰주 말고도 명 전역(全域)에서 전역한 인물들이 오홍련에 가담하는 빈도가 높아 내려온 지시인 걸로 알고 있습니다!"

조휘의 반문에 같은 말을 악을 써가며 하는 장응서. 두 눈은 아주 꼭 감고 있었다. 조휘가 또 때릴까 봐 겁도 잔뜩 먹은 상태였다.

푹!

"끄아아악……!"

어느새 손에 쥔 비수 한 자루가 장응서의 허벅지 깊숙이 박혔다. 뼈는 피해서 비게, 근육만 아주 제대로 뚫어버렸다.

악! 아아악!

장응서가 온 세상이 떠나가라 비명을 내질렀다. 순간적으로 뻗어 오른 화. 아니, 마(魔)를 주체하지 못했다.

"다시 한 번 말해 봐."

한기 가득한 목소리. 그 말에 장응서의 생존 본능이 반응했다.

"흐극! 구, 군을 전역한 인물들이… 오홍련에 가담하는… 흐아! 흐극! 사, 상부에서 그걸 막으려고……. 끄어억……! 뢰, 뢰주는 본보기로, 크악!"

푹!

남은 허벅지에 비수가 다시 꽂혔다.

괜찮다.

이 정도로는 안 죽는다.

어차피 검지 길이밖에 안 되니까, 절대로 죽을 일은 없을 것이다.

"겨우 그런 이유… 때문에?"

"흐윽! 잘못했습니다! 살려 주십시오! 엉엉! 살려 주십… 끄악!"

우두둑!

장응서가 애원을 하자 조휘는 꽂아 넣은 비수의 손잡이를 잡고 비틀었다. 살려 달라고? 지금 살려 달라고 한 건가?

"살려 달라고? 그 말이 용케 나온다? 응? 그래, 타격대에는 죽어도 될 놈도 많지. 하지만 적어도 내가 이끌었던 타격대는 아니야. 내가 이끌었던 저놈들은, 연 백호가 이끌었던 타격대는……!"

우두둑!

끄아아아악!

비수가 계속해서 비틀리며 살과 근육을 헤집었다. 장응서는 고개를 뒤로 젖히고 온몸을 떨었다. 피하고 싶어도 안 된다. 왜? 장산과 위지룡이 아주 단단히 붙잡고 있으니까.

잔인하다고? 그딴 생각은 버린 지 오래인 조휘다.

'이놈은 악이다. 근데 내가 더 큰 악일뿐이야. 죽어서 지옥? 가준다, 가준다고…….'

너 같은 새끼들은 싹 다 잡아 죽이고…….

"적어도 사람이었다. 그렇게 죽어서는 안 될 사람들이었어. 그런데 니가 겨우 그딴 이유로… 그 애들을 다 죽여? 응? 니가 뭔데? 어? 니가 뭐냐고? 시키면 다 하는 거냐? 어? 대답해라, 대답하라고……."

"크악! 살려 주십……! 끄어억!"

"살려 달라고? 장담하는데 죽여 달라고 애원하는 게 차라리 나을 거다."

"흐, 흐어… 제, 제발……."

"제발이고 나발이고… 이제 시작이니까 징징거리지 마."

"흐으……."

"연 백호도 니들 짓이냐? 그 사람은 왜 죽였어."

"억! 모, 모릅니다! 저는 그냥 숙부가 가라고 해서 왔습니다! 정말 가서 시키는 것만 하라고 해서… 그래서 왔습니다!"

"지랄."

숙부면 작은아버지다.

한 핏줄 안에서도 굉장히 가까울 수 있는 사이인 것이다. 돈, 권력은 물론 정보와 꾸미는 계략까지 서로 공유가 가능한 사

이라는 말이다. 그러니 조휘는 믿지 않는다. 그래서 다시 한 번 놈의 몸에다가 비수를 꽂아 넣으려는데,

"대주, 일단의 무리가 다가오고 있습니다."

공작대원 하나가 와서 보고를 하는 바람에 멈추고 말았다. 인상을 찌푸린 조휘.

"일단의 무리? 여길 들어올 수 있는 것들이 있나?"

"모르겠습니다."

"확인은 아직이고?"

"네."

"전원 전투 준비."

조휘는 바로 명령을 내렸다.

공작대가 그 명령에 바로 산개, 은폐에 들어갔다. 장웅서는 다시 주둥이를 꽉 틀어막아 장산이 끌고 갔다.

한쪽 건물 뒤에 숨은 조휘는 이를 갈았다.

'어떤 새끼냐…….'

이곳은 오홍련의 사유지다.

서로 날카롭게 대립하고 있기 때문에 관군의 출입조차 불허하는 장소란 말이다.

그런데 일단의 무리가 나타났다? 적, 아니면 아군이란 뜻이니 준비는 당연히 해야 했다.

두드드드드! 지축이 울리더니 잠시 뒤, 공작대원이 말했던 일단의 무리가 나타났다. 모두 말을 타고 있었고, 가장 선두에는…….

귀신도 질려서 도망갈 살기를 머금고 있는 원룡이 있었다.

저거다.

저 모습이다.

이화매만큼이나 치를 떤다는 오 함대 원룡의 진짜 본모습이 바로 저거다. 악귀나찰도 살려 달라고 애원할 만큼, 소름 돋는 미소를 머금은 게 진짜 원룡의 본모습이란 거다.

"진 대주."

짧고 나직한 목소리..

그는 이곳에 조휘가 있는 걸 알고 있었다. 조휘가 나가고, 은여령, 이화가 따라 나왔다. 이후 공작대원과 위지룡이 나왔고, 장산이 제일 마지막으로 나왔다. 물론 장웅서의 멱살을 잡은 채였다.

제독과 대주.

계급 차이가 있을까?

"오랜만입니다."

조금 있었다.

"오랜만입니다, 진 대주."

원룡이 말에서 내려 미소를 그리며 손을 뻗었다.

미소. 조휘가 마에 씌었을 때와 비교해도 정말 조금도 부족함이 없는, 더럽게 살벌한 미소였다. 아니, 미소(微笑)가 아니라 살소(殺笑)라고 하는 게 더 맞는 말이었다.

"이 시각에 여긴 어쩐 일이십니까?"

조휘는 인사 후 바로 용건을 물었다.

그러자 원륭은 대답 대신 시선을 돌렸다. 그 시선이 멈춘 곳은 정확히 장웅서였다. 퉁퉁 부운 그놈에게서 원륭의 시선이 멈췄고, 입가의 미소가 더욱 진해졌다. 의미는 명백했다. 내통의 가능성이 있는 놈.

원륭은 장웅서를 잡으러 온 것이다.

조휘와 비슷하나, 조금 다른 이유로.

"정기 토벌을 나갔다 왔는데… 어떤 쥐새끼 한 마리가 제 구역을 오염시켰더군요. 그래서 잡으러 왔습니다."

나직하게 나온 말.

그 말은 인사처럼 담담했다. 하지만 보인다, 느껴진다. 그 안에 담겨 있는 감정들이.

"미안하지만, 저도 저놈에게 볼일이 있습니다."

"타격대에 관련된 일이겠지요?"

"네."

"저는 굳이 동료끼리 언성 높이고 기 싸움 하기 싫습니다. 진 대주가 먼저 잡았으니 우선권도 진 대주에게 있습니다. 하지만 저도 좀 생각해 주십시오."

"어떻게 생각해 드리면 됩니까?"

"볼일 다 보시고, 넘겨만 주십시오. 숨은 붙여서."

"……."

조휘는 잠깐 생각해 봤다.

원래는 죽일 작정이었다.

당연하다.

조휘는 저런 놈을 살려 두지 않는다. 조휘의 청년 시절의 추억은 고스란히 타격대에서 만들어졌다. 생존이 최우선이었다는 건 두말할 필요도 없는 진실. 하지만 그래도 우정, 동료애는 분명 있었다.

조휘도 사람이다.

그런 게 없을 리가 있나.

그러니까 장웅서는 반드시 조휘에게 죽어야 할 놈이었다.

"먼저 일……."

"에이, 이봐."

그래서 조휘는 원릉에게 순서를 먼저 양보하려다가, 뒤에서 쑥 나온 금발에 훤칠한 사내의 말에 입을 다물 수밖에 없었다.

이화매가 기다리라고 했던 자였다.

잠.

색목인이라 역시 독특한 이름이었다. 잠을 보자마자 작전이 떠올랐다. 아쉽게도 조휘에게는 시간이 없었다.

"후우."

이런 상황이 되니 또 짜증스러웠다.

안 그래도 요즘 감정을 통제하는 게 잘 안 되는 상태라 입에서 욕설이 나올 것 같았다. 원릉은 그런 조휘를 조용히 바라보고 있었다. 마치 그의 선택을 기다리는 것처럼. 역시 이화매와는 달랐다. 그녀였다면 예전처럼 바로 내놔, 하고 손을 까딱였을 것이다. 안 주면? 진짜 무력을 써서 뺏으려 들 것이다.

그녀는 그런 사람이다.

하지만 원릉은 달랐다.

상황에 따라 자신이 먼저인지, 나중인지를 제대로 파악하고 있었다. 이 부분은 분명 고마웠다. 조휘는 고개를 돌려 위지룡, 장산을 바라봤다. 위지룡은 얼굴이 아예 일그러져 있었고, 장산은 허리를 살짝 숙인 채 발로 땅바닥을 신경질적으로 툭툭 차고 있었다. 둘 다 조휘와 원륭의 대화를 듣고 상황을 파악한 것이다.

장웅서.

놈을 처단하는 걸 자신들의 손으로 하지 못하게 됐다는 걸.

타격대의 복수를 직접 하지 못하게 됐다는 걸.

"저놈, 살려두겠습니다."

"……."

조휘의 시선이 대번에 원륭에게 향했다.

그는 웃고 있었다.

"그리고 진 대주가 궁금해할 것들도 전부 알아내 놓겠습니다."

"…감사합니다."

하하.

원륭은 작게 웃었다.

조휘를 향한 눈빛, 미소의 살심이 많이 죽어 있었다. 동료를 대하는 딱 그런 눈빛이었다.

"마음이 놓입니다. 전 동료도 이렇게 끔찍하게 생각하는 진 대주를 보니. 공작대가 좋은 대주를 만났군요."

"아닙니다. 그저……."

"살아남은 사람이 해야 할 일이겠지요? 알고 있습니다. 마도를 총 제독에게 추천한 건 저와 그 친구니까요. 총 제독은 이런

진 대주의 행동에 아마 마음이 끌렸을지도 모릅니다. 자신의 이익을 위해서는 무슨 짓이든 하면서, 반대로 동료, 수하도 끔찍하게 챙기는 참 이중적인 모습. 본래 그게 참 힘들거든요. 나 하나 살기 힘든 곳 아니었습니까."

"……."

참 낯간지러운 말이다.

그걸 원릉은 면전에서 대놓고 하고 있었다. 그래서 갑자기 팔뚝에 오돌토돌한 닭살이 돋아났지만, 내색은 하지 않았다.

"싹 알아낸 다음, 처리는 진 대주에게 맡길 테니 걱정 말고 다녀오십시오. 아, 그리고 외압에 대해서도 걱정하지 마십시오. 광동성 대가리가 아니라, 명나라 대가리가 와도 안 넘겨줄 테니까요."

"부탁드립니다."

"하하, 맡겨주십시오."

스윽.

원릉은 그 말을 끝으로 조휘를 지나쳐 장웅서에게 다가갔다. 흑! 흐악! 장웅서는 원릉이 다가오자 경기(驚氣)를 일으켰다. 광동성에 살면서 원릉을 모르면 첩자나 다름없다. 특히 군에 종사하는 자라면 말이다.

명에서 활동하는 오홍련의 제독 중 가장 잔인하고 포악한 이를 뽑으라면 당연히 이화매다. 하지만 그 뒤를 바짝 쫓다 못해 거의 등 뒤에 서 있는 제독이 바로 원릉이다. 그런 원릉이 다가오자 장웅서는 미래를 직감했다.

"사, 살려……."

"아니, 그런 말 하지 마세요. 시작도 안 했는데 왜 그러세요? 재작년에 총 제독이 절강성 도독첨사의 목을 친 걸 알고 있나요? 유명한 얘기이니 아마 알고 있겠지. 그러니 혹시 구해주지는 않을까 하는 기대는 버려요. 아, 이건 기대해도 좋아요. 아마… 매우 재미있을 겁니다."

나직이 나온 그 말에 장웅서는 완전히 얼어붙었다. 이화매와는 전혀 다른 차가움이다.

이 제독은 제왕의 기질로 상대의 기세를 그냥 꽉 눌러 부숴버린다. 하지만 원륭은 북해의 빙정이라도 품었는지 상대의 심령 자체를 얼려버리는 것 같았다.

그만큼 으스스한 기세였다.

"끌고 가세요. 가서 치료도 좀 해주고. 말해줘야 할 게 많으니 건강해야 하지 않겠어요? 게다가 죽으면 곤란하기도 하고."

"네."

원륭의 부관 하나가 턱짓으로 뒤로 신호를 주자 오 함대 선원 둘이 나와 놈을 끌고 갔다.

장산은 아쉽다는 듯이 혀를 핥았다. 위지룡은 후, 하고 짧은 한숨을 내쉬었다.

원륭이 놈의 목숨은 나중에 넘겨주겠다고 했지만, 역시나 찝찝함이 남아 있었다. 이건 아마, 낚싯바늘처럼 휘어 가슴에 푹 박힌 다음 장웅서의 목을 따는 순간까지 빠지지 않을 것이다.

'잘 풀리나 했더니, 이런 복병을 만날 줄이야.'

그래도 다행인 건, 원륭이 매우 융통성이 있다는 점이었다.

그게 아니라면 아마 또… 쓸데없이 기 싸움에 기력을 소모했을 것이다.

'심하면 칼부림까지 갔겠지.'

조휘는 놈의 목은 절대 포기할 생각이 없었고, 그건 지독하다는 원륭도 마찬가지니까.

그러니 지금은 최선의 상황이다. 일단 그렇게 생각하기로 했다. 조휘는 손짓으로 가자는 신호를 보냈다.

공작대원들과 은여령, 이화가 조휘의 뒤에 섰다. 장산과 위지룡은 지금 이 순간 원륭이 좀 원망스러운지 제일 뒤에 섰다.

"가보겠습니다."

"아침이나 같이하고 가세요. 오늘부터 바쁘게 움직여야 할 텐데."

"저 녀석들 때문에 조금 힘들겠네요. 다음에 함께하는 게 좋겠습니다."

"후후, 이런. 미움을 받았군요. 알겠습니다. 그럼 이번 작전도 건승을 기원합니다."

원륭은 그 인사를 마지막으로 미련 없이 몸을 돌려 말에 올랐다. 그리고 바로 선착장을 빠져나갔다.

하지만 한 사람은 남았다.

잠.

이제야 뜨는 아침 해만큼이나 찬란한 금발을 가진 사내. 그가 시원하게 웃는 낯으로 다가오며 말했다.

"아침이나 먹을까? 배도 고픈데."

인사보다 신난 투로 밥 먹자는 말을 먼저 하는 바람에 조휘는 피식 웃고는 장산과 위지룡을 바라봤다. 둘이 고개를 끄덕이기에 조휘도 그냥 고개를 끄덕였다.

잠, 시원한 미소만큼이나 유쾌한 남자였다.

*　　　*　　　*

광녕(廣寧).

광주에서 북서쪽에 있는 현이고, 조휘가 쉬지 않고 달려온 장소이기도 했다.

약초로 유명한 광녕은 뢰주보다 두 배 이상 크지만, 도성인 광주에 비하면 반도 안 되는 현이었다. 이곳으로 온 이유는 당연히 조현승을 찾기 위해서였다.

오홍련이 운영하는 객잔에 도착한 조휘는 잠시 쉬다가 잠이 돌아오자 회의에 들어갔다.

그는 의자에 앉자마자 다리를 척 꼬고 앉아서는 점소이를 불러 죽엽청 하나를 시키고는 한숨을 내쉬었다.

"여간 까다로운 게 아니네."

"그래?"

서로 나이가 비슷해 그냥 말을 놓은 건 그날 아침을 먹으면서부터였다.

잠은 쉬지 않고 이동하는 여정에도 웃음을 잃지 않았다. 색목인인데도 아주 정확한 한어를 구사하면서 일행을 유쾌하게 해줬다.

"응. 훈련 교관이라더니, 추적, 도주에도 일가견이 있나 봐. 이건 뭐 비선도 못 찾을 정도야. 일가족이 움직이니 분명 눈에 띌 텐데도."

"대단한가 보네?"

"그럼. 산동부터 여기 광동까지, 바다와 맞닿아 있는 성에서 오홍련의 정보력은 엄청나. 그건 알지?"

"……."

대답 대신 고개만 끄덕이는 조휘다.

왜 모를까? 자신이 전역한 그 순간부터 이미 모든 행적이 파악당하고 있었는데.

막대한 자금력을 투자했으므로 형성한 오홍련의 정보력은 잠의 말처럼 정말 엄청나다.

"근데도 못 잡고 있다는 건 그가 우리 정보망까지 피해서 움직이기 때문이야."

"정보도 어차피 사람이 확보하는 거니까, 사람들이 없는 곳으로 움직이는 건 아닌가? 산이나 이런 곳으로."

"그랬다면 서창이나 동창이 벌써 잡았겠지. 일가족이 움직인다고 했잖아. 처와 아들 하나, 딸 하나야. 애들은 아직 열 살도 안 됐으니 이동은 느려질 거고, 모든 흔적을 지우면서 움직인다는 것도 불가능해."

"그것도 그러네."

조휘는 잠의 말에 수긍했다.

확실히, 아이들의 나이가 그렇게 어리다면 이동이 빠를 리가 없었다.

그것도 산지 같은 곳에서는 더욱더. 그런 험지에서 움직였다면 동창이나 서창이나 조현승을 분명 따라잡았을 것이다.

두 기관이 무서운 이유는 포기를 모르는 악착같은 끈기와 대명 전체에 퍼져 있는 관군에서 나오는 정보력, 그리고 무력 때문이다.

"우리가 상상도 할 수 없는 방법으로 움직이고 있다는 건가?"

"아마도? 제독이 그러던데, 북경에서부터 내륙으로 도망쳤다가 여기 광동성까지 들어왔다고? 그동안 동창과 서창의 추적을 피하면서 말이야. 그렇다면 분명 범상치 않은 방법을 썼을 거야."

조휘의 말에 잠이 고개를 끄덕이며 대답했다. 그는 웃고 있었지만 이전처럼 그리 유쾌한 웃음은 아니었다.

확실히 지금 상황은 매우 안 좋다. 련주까지 남하를 시작했다는 정보는 비선을 통해 들었다. 그리고 무슨 방법을 썼는지, 뒤쫓다가 놓쳤다고 하는 얘기까지 같이 들었다. 비선의 추적까지 따돌린 것이다.

모든 비선들은 그 지역 토박이들만 활동하는데 말이다. 지역적인 이점을 가지고도 못 쫓은 조현승.

도대체 어떤 방법을 썼는지 모르겠지만, 확실히 이화매가 탐낼 만했다. 여태까지 두 기관의 추적을 뿌리친 능력 하나로도 말이다.

"후우, 일단 기다려 보자고. 저녁에 또 정보가 올 거야."

"그래. 그럼 난 좀 쉬고 있을 테니 이따 불러 줘."

알아듣지 못할 이상한 말로 답하더니 이내 죽엽청을 병째로 들고 홀짝이는 잠.

조휘는 그런 그를 일별하고는 자신의 방으로 올라갔다. 휴식, 지금은 장거리 이동에 지친 몸을 쉬게 해줄 때였다.

제56장
강림한 악마

"으음……."

어둠이 내려앉은 방 안에서 나직막한 신음이 들렸다. 한 사내가 잠에서 깨어나며 흘린 신음이었다. 아니, 기지개에 가까운가?

사내는 일어나 천천히 어둠 속을 둘러봤다. 하지만 아무것도 보이지 않았다.

스윽.

자리에서 일어난 사내.

아주 익숙하고 자연스러운 동작으로 근처에 있던 등잔에 불을 붙였다. 화르르 피어오른 작은 불빛은 사방에 가득 퍼졌던 어둠이 정말 싫었던지, 단숨에 어둠을 잡아먹고 자신의 영역을 넓혔다.

스읔.

사내가 완전히 일어났다.

사내는 아무것도 입지 않았다. 새하얀 피부. 매끄러운 근육. 육척에 가까운 훤칠한 신장. 그리고 묘하게 붉은 눈동자.

사내는 마도의 숙적, 적무영이었다.

어둠 속에서 일어난 적무영은 의복을 갖춰 입었다. 천천히, 느릿하게, 그리고 여유롭게. 십만 금의위를 이끄는 정점, 도지휘사(都指揮使)의 복장을 갖춘 적무영은 이어 방 안을 돌아다니며 불을 켰다.

끼이익.

그리고 방문도 열었다.

드넓은 방 안이 드러났다.

아무것도 없는 단출한 방.

적무영은 사방을 둘러보며 슬쩍 웃었다. 주변에 꿈틀거리는 기세들을 느꼈기 때문이다. 서역에서 들여온 거대한 동경 앞에 선 적무영은 머리를 숙이고 손으로 한곳을 긁었다. 찢어졌다가 아문 흉터가 느껴졌다.

"후후."

그러자 기분이 좋아졌다.

지금의 자신을 있게 한 흉터였다.

옛날에는 누군지 잘 몰랐는데, 이제는 아주 잘 안다.

마도 진조휘.

남사제도의 바다에서 봤었고, 길주성 지하에서 봤던 자신과 비슷한 연배의 사내. 그 사내가 만들어줬다. 지금의 자신을. 머리를 다치는 순간 적무영은 느꼈다.

아, 나 어디 또 고장 났구나.

의식을 잃고 다시 깨어났을 때 그 생각은 현실이 되어 있었다. 흔히 인간의 감정을 희노애락이라고들 하는데, 그게 사라졌다. 완전히 사라져 아무것도 느껴지지 않았다. 감정이 아예 말살된 것처럼, 정말 단 하나도… 느껴지지 않았다.

무의 상실의 시대 이전의 무공을 우연치 않게 발견하고 익혔을 때도 기쁨, 환희 같은 감정은 찾아오지 않았다.

적무영은 그 모든 걸 마도 진조휘가 만들었다고 생각했다. 지금의 자신은, 마도의 작품이라고 생각했다.

아, 물론 코흘리개 시절 말에서 떨어진 탓도 있지만, 그래도 적무영은 이 모든 공을 마도에게 돌리고 싶었다.

상체를 세워 일어난 적무영은 밖으로 나갔다.

해가 서산마루에 걸려 있는 게 보였다. 아침에 눈을 뜬 게 아닌, 저녁에 눈을 뜬 것이다.

"기, 기침하셨습니까……."

앞에서 대기하던 시비 하나가 급히 다가와 고개를 조아리며 인사를 해왔다. 적무영은 씩 웃었다.

엊그제 들어온 아이다.

이제 막 방년을 넘은.

스릅.

머릿속에 떠오르는 행복한 상상에 혀를 한 차례 핥자, 시비가 흠칫 놀라더니 바르르 떨기 시작했다.

현 자금성 화제의 중심에 선 사내.

전 금의위 도지휘사를 밀어내고, 그 자리에 앉은 적무영은 피의 숙청을 감행했다. 대놓고 자신을 경멸하던 자들을 처소 앞에 모조리 끌어다 앉힌 다음, 친히 목을 따버렸다. 그게 시작이었다.

적무영이란 사내의 숙청은.

그리고 또 다른 소문 하나.

그에게 배속되어 자리를 옮긴 시비 중 돌아온 이는 아무도 없다는 것. 그 소문을 알고 있으니 시비가 저리 떠는 거다.

울며불며 가기 싫다고 떼를 쓰는 게 먹힐 곳도 아니니까. 오히려 그랬다간 두 번 다시 떼를 못 쓰는 수도 있었다.

자금성은 어리광에 자비로운 곳이 절대 아니었으니까 말이다.

"갈까?"

"네? 네, 네……."

할 수 있는 거라곤 덜덜 떨며 대답하는 게 전부. 어디를 가자고 하는지도 모른다. 그걸 의심해 볼 만한 정신 상태가 아니었다. 폭풍의 앞에 선 가녀린 시비의 모습은 지나가던 이들이 모두 힐끔거리게 만들었다.

하지만 누구도 나서지 않았다.

도움의 손길을 내미는 순간, 천 길 낭떠러지 앞에 서게 될 테니까.

적무영은 앞에서 걸었고, 시비는 뒤에서 걸었다. 고개를 숙이고 적무영의 발뒤꿈치만 보고 걷는 시비는 울기 직전이었다. 적무영에게 배속된 지 겨우 이틀째였지만, 자금성에 들어선 지는 꽤나 됐다.

그래서 감각적으로 지금 향하는 곳이 어디인지 잘 알고 있었다. 황제의 거처. 적무영은 지금 황제의 거처로 가고 있었다.

다들 쉬쉬하지만 안다.

황제도 광증(狂症)이 들었다는 걸.

최악의 폭군,

만력제를 뜻하고.

최악의 실세,

적무영을 뜻한다.

쿵.

"아……."

그래서 시비는 정신이 멍해졌고, 이미 적무영이 멈춰 선 걸 모르고 걷다가 그의 등에 머리를 박고 말았다.

최악… 이다.

안 그래도 복잡하고 괴롭던 머릿속이 새하얗게 변했다. 순백으로 변하면서 생각이란 개념 자체가 싹 날아갔다.

"……."

달달 떨면서 고개를 겨우 들어 보니, 적무영이 고개만 돌려 바라보고 있었다. 저녁노을이 내려앉는 황제의 거처 앞에서의 붉은빛이 섞인 적무영의 눈동자는 정말… 최고였다.

"죄, 죄……."

"쉿."

"……."

본능적으로 나온 사과조차 막혔다.

살짝 상체를 틀고, 손을 뻗는 적무영. 손바닥이 시비, 서희의 잘 정돈된 머리 위로 올라왔다.

흠칫.

체온은 없었다.

시리다 싶을 정도의 한기가 느껴지는 손바닥이어서 서희는 흠칫 놀라버렸고, 자신이 흠칫했다는 사실을 깨닫는 순간 돌아오려던 정신이 다시 가출을 감행했다.

"기다리고 있어."

"네, 네에."

반사적으로 나온 대답이었다.

어떻게든 적무영의 심기를 거스르지 말아야 한다는 생각 때문이 아니라, 살고 싶어서 나온 본능적인 대답이었다.

훗.

적무영이 한 차례 웃더니 손을 떼고 안으로 들어갔다. 저벅거리는 소리에 고개를 드니, 적무영은 어느새 계단을 다 걸어올라가 황제가 기거하는 전각의 문을 벌컥 열어젖혔다. 읍! 서희는 깜짝 놀랐다.

황제의 거처다.

환관이 있는데도 자신이 왔음을 알리지도 않고, 들어가도 되겠냐는 허락조차 맡지 않고 문을 열어버렸다.

무례? 그 정도가 아니었다. 저 정도는 무조건 죽음으로 직결되는 행동이다. 무례함 정도가 아니라는 소리다.

쿠웅.

문이 닫혔다.

털썩.

서희는 그 순간 긴장이 풀려 바닥에 풀썩 주저앉고 말았다. 그런 서희에게 다닥다닥 시선이 달라붙었지만, 아무도 다가오는 이는 없었다. 현재 자금성에서 가장… 상종해서는 안 될 이가 바로 적무영과 그의 시비 서희였고, 지금 그들의 눈에 서희는 살아 있으나 이미 살아 있는 사람이 아니었다.

*　　*　　*

저벅저벅. 안으로 들어온 적무영은 거침이 없었다.

"흐음……."

만력제의 침음이 들려왔다. 그는 막 김이 모락모락 나는 적(炙)을 입에 넣으려 하다 말고 완전 굳어버렸다. 적무영은 그의 모습에 피식 웃고 말았다. 그는 그때 만남 이후, 광증이 훨씬 더 심해졌다. 적무영만 보면 덜덜 떨기까지 했다.

그런데 웃기게도 포기는 안 한다.

"지치지도 않는다, 진짜. 큭큭!"

도대체 반찬이 몇 개인지 셀 수도 없이 올라온 황제의 저녁상. 그 건너편에 앉은 적무영은 상에 팔꿈치를 대고 턱을 괴며 황제의 뒤를 봤다. 세 사람이 서 있었다. 금의위는 아니었다. 복장이 전부 제각각이고, 무기도 제각각, 나이도 제각각이다. 일관성이 하나도 없는 모습을 한 이들이다.

적무영이 다시 시선을 돌린 곳에는 고개를 푹 조아리고 있는 환관이 있었다.

양명이다.

"이번엔 어디서 데리고 왔나?"

"……."

양명은 대답하지 않았다. 저들은 양명이 이름뿐인 강호에서 데리고 온 자들이다. 적무영을 죽이기 위해.

적무영은 금의위직을 받은 다음 만력제와 양명의 앞에서 웃으며 선언했다. 자객이든 무인이든 고용하라고. 절대 보복은 없을 거라고. 그리고 여태 세 번의 시도가 있었지만 전부 실패로 끝났다.

처음은 북경에서 가장 강하다는 고수 여섯을 불러들였다. 친형제지간인 그들의 합격술은 그 옛날 소림의 나한진에 비교된다는 소문을 들었기 때문이다. 물론 실제 나한진을 견식해 본 적이 없는 양명이라 그 소문의 진의를 파악하는 것은 불가능했다.

어쨌든 그들의 결과는? 손가락을 채 열 번을 접기도 전에 모조리 목이 날아갔다. 마지막에 심장이 뚫린 막내가 죽기까지 걸린 시간이다. 정말 눈 깜짝할 사이라는 말이 딱 어울렸다. 기가 막히게도 그 살인은 황제의 면전에서 벌어졌다.

그 광경을 지켜본 황제는 입을 쩍 벌렸다가 그대로 실신했다.

두 번째도 마찬가지였고, 세 번째도 마찬가지였다. 양명은 안 해본 게 없었다. 독부터 시작해서 미인계까지, 모조리 다 해봤다. 심지어 총(銃)병을 수백이나 움직여서 잡아보려 했지만 모두 헛수고였다.

적무영은… 말 그대로 그림자가 없는 것처럼 움직였다. 눈을 깜빡이지도 않았는데 시야에서 사라져 버렸다. 귀신도 그처럼 움직이지 못할 것이다. 양명은 그래도 포기하지 않았다. 이번에는 저 멀리… 감숙성(甘肅省) 난주(蘭州)에서 불러들인 강호인들이었다. 미약하나마 내력까지 운용할 수 있는 고수, 라고 소문이 자자하게 난 자들이다.

"날 죽일 수 있는 실력자야?"

"……."

"음, 그렇게는 안 보이는데? 킄!"

반말에, 졸렬한 웃음에 무례함의 극치를 보여주는 적무영이었다. 하지만 그는 애초 황제를 협박했던 자, 무의 상실의 시대를 재림시키려 하는 자다. 그리고…….

상실의 시대 당시 무영(無影)의 맥을 이은자다.

휙.

갑작스레 적무영의 손에서 종지 하나가 날았다. 바짝 얼어버린 황제의 머리 위로 날아간 종지.

파삭!

이후 벽에 부딪쳐 깨졌다. 애초 목표는 가장 나이가 많은 자였고, 그자가 피했기 때문에 벽에 부딪쳐 깨진 것이다.

"컥……."

그릇이 깨지는 소리가 난 뒤 거의 동시에 억눌린 신음 소리가 흘렀다. 어느새 공간을 격하고 적무영이 그릇을 피한 강호인의 목줄을 잡아버린 것이다. 목이 잡힌 자는 숨이 갑자기 턱 막히자 본능적으로 적무영의 손을 잡았다. 그러나 이미 그는 힘을 줘 놈을 허공에 들어 올렸다.

그것도 한 손으로.

적무영의 얼굴에 짙은 실망감이 스쳐 지나갔다.

"이것 봐, 안 될 것 같았다니까. 후우."

고개를 절레절레 젓고는, 우두둑! 찌지지직! 울대를 잡은 손에 힘을 줘 아귀힘으로 목살을 그대로 뜯어냈다. 살이 찢어지는 소리는 매우 거북했다.

"으으……."

만력제는 뒤에서 들려온 파육 소리에 양팔로 귀를 막고는 덜덜 떨기 시작했다. '악몽이다, 악몽이야……. 짐은 지금 꿈을 꾸고 있는 거야……. 하하, 아하하…….' 혼잣말을 하면서.

"차앗!"

중간에 있던 무인이 손에 쥐고 있던 채찍을 적무영에게 뿌렸다.

"오."

눈을 반짝인 적무영은 손에 쭉 뻗어 그냥 채찍을 잡아챘다. 그리고 반대로 잡아당겼다. 억! 소리와 함께 쭉 날아오는 무인의 얼굴에 그대로 주먹질 한 방. 빠각……! 우둑! 둔탁한 소음 뒤 뼈가 부러지는 소음이 연달아 흘러났다. 그걸로 둘이 죽었다. 뭘 더 설명할 수 없는 게 정말 그게 끝이었다.

"내력을 익혔다며? 어이, 양 고자. 그 말 진짜야?"

"……."

그들이 내력을 익혔다는 말을 양명은 하지 않았다. 하지만 어찌 된 게, 적무영은 이미 알고 있었다.

양명은 순간 의문을 품었지만, 입술을 열지는 않았다. 그런 그의 모습에서는 절대 대답하지 않겠다는 고집이 적나라하게 보였다. 적무영은 그 모습에 쯧쯧, 혀를 차고는 다시 시선을 돌려 마지막 남은 무인을 바라봤다. 가장 젊은 사내였다. 이제 갓 스물 중반이나 됐을까?

"너, 거짓말이지? 내력을 익혔다는 거."

"으, 으으……."

"거짓말 맞네. 익혔으면 이렇게 쉽게 당할 리가 없지. 내력이 있었어도, 아주 쥐꼬리, 진짜 개미 눈곱만큼 있을 거야. 아니면 느끼기만 했든가. 맞지? 내가 강호인이랑 싸워 봐서 아주 잘 아니까 거짓말할 생각은 버리시고, 빨리 벌 받자. 배고프거든."

슥.

"억……."

이번에도 사라졌다가 눈앞에서 슥 나타났다. 그리고 목을 잡아 다시 공중에 들어 올린 적무영은 황제의 옆으로 갔다. 황제는 여전히 혼자 중얼거리고 있었다. 거의 모든 문장에 꿈이란 말이 들어가는 걸 보니, 아주 현실을 외면하고 도피하기로 작정한 것 같았다.

"쯧, 불쌍해서 이거야, 원."

쫘아아악!

그대로 목을 잡아 뜯어낸 적무영은 머리를 황제의 상 앞에다가 휙 던졌다.

"으악! 으아아악!"

"완전히 미친 건 또 아니네? 큭큭. 어이, 양 고자. 다음에 진짜로 데리고 와. 내가 이렇게까지 해주는데 감질 맛이라도 좀 나게 해줘야 되는 게 예의 아닌가? 응?"

"……."

양명은 여전히 침묵으로 일관했다.

마치 귀를 닫아버린 사람처럼 정말 꼼짝도 안 했다. 적무영은 그런 양명과 황제의 모습에 조소를 한번 날려주고는, 아까 앉았던 곳으로 다시 갔다.

"으차."

그리고 자리에 앉아 피 묻은 손을 뻗어 잘 구어진 닭다리 하나를 손에 쥐고 뜯어내 입으로 가져갔다. 이후 마치 며칠은 굶은 것처럼 입에 욱여넣고 살을 씹는데, 그 모습도 확실히 정상이 아니었다.

"아, 맛있네."

"……."

큭큭, 웃음 뒤 황제의 처소에서는 적무영이 게걸스럽게 음식을 먹는 소리만 들려왔다. 자금성은 이렇듯… 보이지 않는 그림자에 완벽히 장악당해 있었다.

제57장
사람 찾기

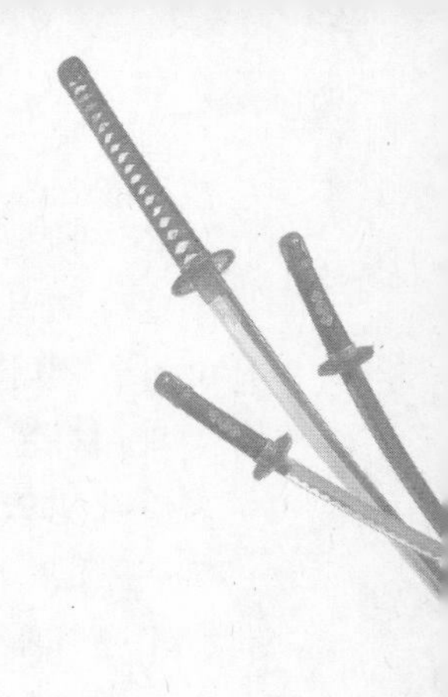

광녕에서 동쪽으로 백 리쯤 가다 보면, 큰 강줄기를 만날 수 있다. 수심이 깊어 그냥은 못 건너고, 반드시 사공의 도움을 받아야 할 정도로 폭이 넓은 강이다. 그리고 그 강이 시작되는 곳을 지나면, 청원(淸遠)이 나온다. 지금 급하게 향하고 있는 그곳이 목적지였다. 말까지 타고 강에 도착했는데 사공이 없다.

"이런……."

잠은 거칠게 머리를 쓸어 넘기고는 안타까운 소리를 흘렸다. 조현승이 청원에서 동창에게 쫓기고 있다는 비선의 정보를 받은 게 이틀 전 새벽이다. 정보를 받자마자 자던 이들을 깨워서 출발했다.

그렇게 출발해 지금 강에 도착했는데, 사공이 없었다. 마음은 급한데 사공이 없으니 짜증이 치밀었다.

조휘도 마찬가지였다.

저 멀리 돌아오는 사공들이 보이지만 수는 많지 않았다. 인원이 전부 건너려면 시간이 상당히 걸릴 것 같은데, 그 시간마저 현재 아까운 상태였다.

"차라리 밑으로 내려갈까?"

"음……."

잠이 조휘에게 다가와 물었고, 조휘는 침음을 흘릴 뿐 바로 대답하지 못했다. 조현승의 행동을 짐작해야 하는데, 당최 어떻게 움직이는지 감이 안 잡혔다. 조휘는 솔직히 말해 추적에 일가견이 있을 뿐 전문가는 아니었다.

이 차이는 매우 컸다.

전문가는 정보가 없어도 알아서 잘 찾는다. 목표의 심리, 능력을 이용해 행동을 유추할 뿐 아니라 추적을 방해하는 생각하는 함정도 알아차린다.

그럼 전문가가 아닌 조휘는?

주어진 정보대로 움직일 뿐이다.

그게 조휘와 잠의 차이였다.

그래서 대답을 바로 할 수 없던 거다.

"조현승은 분명 훈련 교관으로 있으면서 동창이나 서창의 행동을 잘 파악하고 있을 거야. 그렇다면 분명 반대의 수를 둘 텐데……."

잠의 말에 조휘도 그럴 수 있다고 생각했다.

나중에야 알았던 건데, 조현승은 그동안 자신의 능력을 많이 숨겼다고 했다. 그를 제대로 아는 이들은 전부 조현승이 교관보다 천부적인 전술, 전략가 자질을 타고났다고 했다. 게다가 그 자질을 극한으로 갈고닦기도 했다. 그래서 지금은 크든 작든 판을 짜는 데 능수능란하다는 소리다.

그런 그가 내리는 선택.

"이건 내가 어떻게 말할 수 없겠는데. 생각하는 차이가 너무 심해."

"하하, 그래?"

"조현승은 책사야. 나와 부류가 다른 이의 머릿속을 파헤칠 자신은 없다고."

"흐음."

"그러지 말고, 네 감은 뭐라고 하는데. 이런 상황에서 빛을 발하는 게 너의 감 아닌가?"

"하하."

조휘의 말에 잠은 웃기만 했다.

잠은 추적, 탐색의 전문가다.

하지만 웃기게도 그는 일반적인 부류가 아니었다. 아주 특이한 부류였고, 자신과 같은 부류였다. 간단하게 설명하면 조휘가 전투 전이나 도중에 느끼는 특별한 감각 같은 걸 잠도 느낀다. 조휘가 불안감 같은 걸 느낀다면, 잠은 뭔가를 찾아 헤맬 때, 둘 중 한 곳으로 가야 할 때, 이럴 때 감각적으로 뭔가를 느낀다.

"솔직히 난 지금 둘 다 마음에는 안 들거든."

"뭐?"

강을 바라보던 조휘의 시선이 바로 잠에게 향했다. 그는 조휘의 시선을 받고는 어깨를 으쓱했다. 그러자 대번에 조휘의 인상이 찌푸려졌다. 잠은 유쾌한데, 이렇게 사람을 답답하게 만들곤 했다.

바로바로 말을 안 해줘서 사람 속을 태운다는 소리다.

하지만 조휘는 보채지 않고 기다렸다. 그와 함께한 시간은 얼마 안 되지만, 대충 파악은 했다. 그가 이렇게 뜸을 들일 때는 사실 속으로 뭔가를 계산하고, 고심하고 있다는 걸 알기 때문이다.

사공이 반쯤 돌아왔을 때 잠이 입을 열었다.

"사실 난 처음부터 내키지가 않아. 낚시 같단 말이지."

"낚시?"

"그래."

"아, 그럼 그걸 빨리 말해줬어야지……. 하아."

"비선의 정보잖아? 그래서 일단은 무시할 수가 없었지."

"조선에서 비선의 정보망이 감염된 적이 있었어."

"진짜?"

"그래."

이번엔 잠이 놀라며 조휘를 바라봤다. 이건 이화매에게 보고도 올린 건데, 아마 못 들은 것 같았다. 잠은 발끝으로 땅을 툭툭 쳤다. 두 손으로는 옆구리를 잡은 채. 신장이 훤칠한 잠인지라 그 모습은 하나의 그림처럼 보였지만, 조휘에겐 아니었다.

"속 시원하게 정리 좀 해봐. 어디로 갈 거야?"

"돌아갈까?"

"뭐?"

"광녕으로. 어째 정보가 틀린 것 같아. 아니면 조현승이 의도적으로 대역을 노출시켰든가."

"잠깐, 위지룡! 지도 가지고 와!"

네!

조휘의 외침에 좀 멀리 떨어져 있던 위지룡이 바로 다가와 지도를 꺼내 펼쳤다. 너른 탁자에 깔린 지도를 보는 조휘.

"한 군데 꼽아 봐. 어디 같은데."

"련주에서 청원이면 거의 고스란히 남하했다는 소린데. 여긴 오면서 봤겠지만 길이 잘 닦여 있다고. 그리고 산지보다는 농경지가 많아. 이런 곳에서 동창의 추적을 피할 수 있을 것 같아? 내가 보기엔 애들까지 데리고는 절대 못 피해."

"그래서 대역을 샀다?"

"그렇지. 돈이면 다 되는 세상이잖아?"

"하지만 돈을 받았다고 부탁한 일을 그렇게 성실히 해줄까? 나는 아닐 것 같은데?"

조휘의 말에 잠은 검지를 까닥거리며 의미 모를 말을 중얼거렸다. 그가 살던 나라의 말인 것 같은데, 느낌상 부정적인 의미를 가진 말 같았다.

"그런 걸 전문적으로 해주는 것들이 있어."

"음……."

"낭인이랑 비슷한 개념을 가진 단체지. 돈만 주면, 뭐든 다 들어준다. 이런 이념을 가진 단체."

"그래서 그곳을 통해 련주에서 청원으로 대역을 보냈다? 숨긴 숨되, 간간이 노출되면서?"

"아마도?"

"……."

하아.

말도 안 된다.

이건 거의… 소설에 가까웠다.

솔직히 잠이 감으로 창조한 소설 같은데. 그래서 신뢰도 별로 안 가는데 잠은 진지했다. 그리고 그가 보통의 전문가들과는 전혀 다른 부류라는 걸 조휘는 깨달았다. 그래서 저 말을 정면으로 무시할 수가 없었다.

자신의 말에 확신이 있는지 눈을 반짝이고 있었다. 마치 어때, 내 말이 그럴듯하지? 이렇게 묻고 있는 것 같았다.

"잠깐."

조휘는 잠에게 잠시 기다리라고 한 뒤, 위지룡, 장산, 그리고 두 여인을 불렀다. 쪼르르 달려와 모인 이들에게 사정을 설명하는 조휘.

"어떻게 할래?"

"음, 그건 조장이 정하는 거 아닙니까?"

"그렇지. 그게 내 역할이지. 하지만 이거 어째 느낌이 싸해."

"네?"

"흐음……."

양단간의 결정을 내려야 하는 건 조휘다. 잠은 조력자고, 조현승을 구출하는 이 일행의 행동 결정권은 분명 조휘에게 있었다. 그럼 조휘가 대체 왜 이러는 걸까? 잠이 뭔가를 느꼈다고 한 뒤 소설을 써 내려갔을 때, 조휘도 등골이 싸한 뭔가를 느꼈다.

'우리는 최초 련주, 광녕에 있었고? 조현승은 대역을 써서 청원으로 보냈고.'

나뭇가지로 바닥에 선을 죽죽 긋는 조휘.

삼각 형태의 선이 만들어지자, 조휘는 다시 나뭇가지로 땅을 콕콕 찍었다. 잠도 궁금한지 와서 고개를 빼끔 내밀어 땅바닥을 바라봤다. 조휘는 지도를 펴 관도를 시작으로 쭉쭉 선을 그었다.

마지막으로 삐죽이 튀어나가는 선 하나를 긋는 조휘.

"이건 강이냐?"

"네. 근데 봤더니, 여긴 폭이 그리 안 넓어서 들키기 쉽습니다."

"배도 띄울 수 있어?"

"물론입니다. 물살도 좀 셉니다."

"물살이 세다고?"

"네. 그래서 배는 띄울 수 있지만 자주 띄우지는 않습니다. 잘못하면 좌초되거나 전복당하니까요."

"……."

다시 생각에 잠기는 조휘.

무조건 그쪽이 조현승이 선택한 이동로라 할 수는 없었다. 이것도 잠이 했던 것처럼 소설을 쓴 것에 불과하니까.

'조현승은 책사에 가까워. 기상천외한 방법을 썼을지도 몰라. 그것 때문에 이 제독이 그를 눈여겨본 거고.'

잡혔다는 소식은 아직 듣지 못했다. 광동성 전체의 오홍련 정보망이 싹 동원되어 움직이고 있다. 잡혔으면 잡혔다는 전갈이 떴을 것이다. 이곳은 북경에서 거리가 멀어서 정보망은 황실보다 오홍련이 훨씬 더 촘촘하고, 넓다.

“아, 진짜… 머리 깨지겠네.”

남의 생각을 읽어야 한다.

그것도 책사, 군사 같은 머리 좋은 부류의 생각을 읽어야 했다. 안 그러면 그를 찾기는 매우 힘들 것이다. 어떻게 된 게, 천하의 오홍련에도 걸리지 않고 움직이고 있었다.

이제야 걸렸는데, 그것조차 의심스러운 상황이다. 아니, 조휘는 일단 청원에서 포착됐다는 정보는 아예 배제했다.

그건 잠의 감을 십 할 수용한 결과였다.

선을 다시 의미 없이 죽죽 그어 보는 조휘.

‘삼각형, 관도, 수로, 도망치기 쉬운 곳, 훈련 교관, 전술, 전략에 능한 책사. 으음…….’

도통 모르겠다.

머리 쓰는 천재의 생각을 자신이 쫓기에는 역시 무리였다. 잠도 모르겠는지 머리를 벅벅 긁고 있었다.

장산이야 뭐… 애초 재능이 없고, 관심도 없는 놈이다. 그나마 위지룡이 낫지만, 그렇다고 조휘보다 훨씬 더 뛰어난 놈은 아니었다. 이럴 때 공현같이 머리를 쓰는 사람을 좀 붙여줬으면 얼마나 좋을까 싶었다. 이화도 위지룡과 비슷하고, 그나마 나은 게…….

“진 대주.”

“응?”

은여령이 평소보다 좀 작은 목소리로 조휘를 불렀다. 시선을 힐끔 주니, 잠깐 머뭇거리는 게 보였다.

"왜, 뭐든 말해 봐."

"네. 그, 조현승이라는 사람… 태생이 어딘가요?"

"태생?"

"네."

그게 왜 궁금한 거지?

조휘는 이화매가 당시 전해줬던 조현승에 대한 정보를 떠올렸다.

'어디였더라? 분명…….'

잠시 뒤에 생각이 났다.

"호남성(湖南省) 악양(岳陽)인가, 거기였을걸?"

"아……."

"그게 왜?"

"악양이면, 동정호와 붙어 있어요."

"동정호?"

"네."

동정호도 유명하고, 악양도 유명하다.

시성(詩聖) 두보(杜甫)와 악양루.

하지만 이 상황에서 시성 두보와 악양루는 중요하지 않았다. 동정호가 중요했다. 조휘는 은여령이 말하고 싶은 게 뭔지 알아차렸다.

"설마 련주에서 직접 배를 몰아 남하했다고 말하고 싶은 거야?"

"가능성이 없진 않잖아요."

"그렇지. 가능성이 없진 않지."

"그리고 저희가 출발할 때쯤, 아주 큰 비가 왔다고 들었어요. 그럼 강물도 찼을 거고, 훨씬 더 빨리 내려갔을 수도 있어요."

"……."

조휘는 대답을 하지 못했다.

그래, 왜 출신지를 생각 안 해봤을까? 조현승이 굉장히 유복한 집안에서 태어나 승승장구했다면 배를 모는 건 안 배웠을 거다. 하지만 이화매가 건네준 조현승의 신상에는 그런 말이 적혀 있지 않았다.

부모가 배를 몰던 사공이라는 말도, 조현승 본인이 배를 몰 줄 안다는 말도 분명 적혀 있지 않았었다.

하지만… 적혀 있지 않다고, 몰지 못한다고 단정할 수는 없었다.

"그리고 사실 광녕에서 봤어요."

"뭘"

"천이 씌워져 있던 작은 배를요."

"……."

"당시에는 그냥 별생각이 없어서……."

이렇게 되면, 이제는 은여령의 말에 신빙성이 생긴다. 수로에 이미 집중한 상태였다.

"확실해?"

"네."

조휘는 잠을 바라봤다.

엄지가 척! 하고 올라왔다. 그게 처음에는 무슨 뜻인지 잘 몰랐는데, 이제는 알았다. 좋은 생각, 정답, 뭐 이런 뜻이라고 했다.

"태생, 수로, 잠의 감 등등, 청원은 아니라는 결론이다. 게다가 은여령이 봤다고 하니… 내려가자. 우리를 이미 지나쳤으니까, 청원에서 뒤늦게 대역이 나왔다는 건 이미 출발하고 시기를 맞춰 움직여 달라 했던 거라 생각하고……. 지금쯤이면 어디까지 갔을까?"

"그때의 배 속도면……."

은여령이 한 지점을 찍었다. 그녀의 손이 가리키는 곳은 정호산을 지나, 광주 바로 아래 불산(佛山)이었다. 물론 그곳으로 갔다가 아닌, 거기까지 이미 내려갔을 거란 의미였다.

"가자."

정답인지 아닌지는 모른다. 어차피 조현승의 머릿속을 들여다볼 수도 없으니 말이다.

하지만 그나마 은여령의 말이 가장 그럴싸했다. 그러니 이제는 틀리든 맞든, 달려가 봐야 했다. 찾을 수 있다면 좋고, 못 찾으면… 어쩔 수 없다는 심정으로. 하지만 조휘도 이제 궁금증이 좀 생겼다.

대체 어떻게… 여기까지 왔는지, 대체 어떤 방법을 써서 동창의 추적을 피했는지. 그게 조금, 아니 정말 궁금해지기 시작했다.

불산까지 어떻게 왔는지 모르겠다. 아니, 불산이 목적지가 아니라 그냥 무작정 남하했다.

그러다 보니 불산 근처까지 도착했다. 그리고 여기서부터 다시 조현승의 행적을 쫓아야 했다.

사실 거의 불가능에 가까운 일이지만 오홍련은 그 불가능이 가능하다. 명에서 오직 오홍련만 가능하다.

다행히 은여령이 봤다는 배를 목격한 오홍련 정보꾼이 있었다. 그의 말을 시작으로 다시 추적해 본 결과, 배는 다시 떠났지만 배에서 내린 일가족은 다시 마차를 타고 북문으로 빠져나갔다는 소리를 들었다.

그 정보에 조휘는 다시 선택해야 했다. 이번 정보를 믿을 것인가, 말 것인가.

"배에 마차라, 누가 도와주나 본데?"

"나도 그렇게 생각한다."

"북문으로 나갔다는 정보는 진짜일까?"

"감은?"

"음, 아무런 것도 안 느껴져."

"믿어도 된다는 소리지?"

"아마도?"

"……."

으쓱하는 잠의 모습에 조휘는 피식 웃고 말았다. 또 저런다. 딱 부러지게 말을 안 해주고. 하지만 얼굴은 웃고 있었다. 믿어도 될 것 같았다.

"후우, 북문으로 나갔으면… 역시 광주로 갔다고 봐야겠지?"

"사람이 우글우글한 광주 아닙니까. 그만큼 숨기도 좋을 겁니다."

"하지만 그만큼 위험하지. 사방은 물론 모든 사람을 의심, 경계해야 하니까. 그만큼 신경 쓰이는 일도 없어."

"그건 그렇지만… 설마 겨우 내려왔을 텐데, 다시 위로 올라갔겠습니까?"

"머리 쓰는 족속이잖아. 예상외의 수를 뒀을지 어떻게 알아."

"그건 그렇습니다만… 애들도 있고, 체력적으로 불가능할 것 같습니다."

"마차를 타고 나갔어. 혹시 모르는 거야."

"아, 그렇군요."

위지룡과의 대화는 모두에게 하는 말이었다. 좋은 생각 있음 좀 말해봐라, 이런 뜻이 담겨 있는 대화다.

조휘는 슬슬 정신적으로 한계에 도달했음을 느꼈다. 머리 쓰는 족속을 이해하려고 그리 특출 나지도 않는 머리를 몇 날 며칠을 굴렸더니 아주 골에 쥐가 날 지경이었다.

"그냥 광주로 가자."

잠의 말에 조휘는 솔직히 그러고 싶었다. 그런데 조현승, 그는 오홍련의 정보망은 물론 비선도 속일 정도의 능력이 있는 자다.

그건 이미 이전에 광녕에서 받은 정보로 확인이 됐다. 물론 조현승을 직접 만나 보기 전까진 어떤 게 진짜인지 확신할 수는 없는 상황이기도 했다.

"가자. 있을 것 같아."

잠이 다시 말했다. 이번엔 새하얀 치열이 보이는 웃음을 함께 지으면서.

조휘가 다시 잠을 바라보자 그는 말없이 고개만 끄덕였다. 조휘가 판단을 못 내리자, 잠이 도와준 것이다. 그가 느끼는 특유의 감으로. 조휘는 자리에서 일어났다.

"광주로 간다."

그걸로 결정이 전부 났다.

바로 짐을 싸서 객잔을 나서는 조휘. 여기서 광주까지는 얼마 걸리지도 않는다. 말을 이끌고 북문을 나서는데, 조휘의 감각에 아주 미묘한 기세가 잡혔다. 하지만 일단은 무시했다. 밖으로 나왔을 때 조휘는 은여령의 옆으로 이동해 조용히 입을 열었다.

"느꼈어?"

"네."

"저 기세, 익숙하지?"

"분명 둘 중 하나예요……."

은여령의 말투가 변했다. 원래 낮은 중저음의 목소리를 가지고 있지만, 지금은 그보다 더욱 밑으로 깔렸다. 물론 그건 조휘도 마찬가지였다.

동창, 그리고 서창.

두 곳 다 둘과는 떼려야 뗄 수가 없는 사이였다.

동창은 연 백호의 죽음에 관여했고, 서창은 은여령의 사형제들 전부를 죽음으로 몰아넣었다. 둘 다 둘에게는 갈기갈기 찢어버리고 싶은 기관이다. 근데 지금 그놈들이 아주 오랜만에 주변에서 서성거리고 있었다.

마음이야 지금 당장 잡아다가 사지를 분해해버리고 싶지만,

지금은 아니었다. 주변에 사람이 많기 때문이다. 그러니 참을 때는 참아야 했다.

"놈들이 이곳에 있다는 건, 아무래도 우리가 맞게 왔기 때문 아닐까요?"

위지룡이 자연스럽게 옆에 붙으며 한 말에 조휘는 고개를 끄덕였다. 그럼 그렇고말고. 저놈들, 한동안 조휘에게서 떨어져 있었다. 그런데 지금 나타났다. 갑자기 볼일이 있어서, 아니면 그동안 조휘가 정말 은밀하게 움직여서? 둘 다 아닐 거라고 봤다.

"지금 이 상황에 나타났어. 저것들은 동창이고, 우리를 찾아온 게 아니야. 조현승을 찾아온 거지. 그러니 위지룡 네 말이 맞다. 우리가 제대로 찾아왔어."

"그럼 광주로 가면 꼬리가 잡히는 거 아닙니까?"

"그럴 수도 있지. 근데… 모르게 하면 돼."

"네? 아아, 알겠습니다. 준비시키겠습니다."

"그래, 적당한 지점이 나오면 신호를 보낸다."

"네."

위지룡이 조원 둘을 데리고 무리에서 떨어졌다. 따로 움직이기 시작한 것이다. 조휘는 지금 이 순간에도 느끼고 있었다. 위지룡이 했던 말처럼 동창이라 예상되는 놈들은 조용히 조휘의 뒤를 좇고 있었다. 상단으로 위장했지만, 감각만큼은 진짜 죽여주는 조휘다. 속인다고 속일 수 있는 인간이 아닌 거다.

광주로 급히 가야 하는 상황이지만, 조휘는 서두르지 않았다. 말의 체력이 문제라서가 아니라, 말했듯이 상단으로 위장하고 쫓아오는 동창을 잡기 위해서였다. 불산에서 광주까지는 그렇게 오래 걸리지 않았다. 게다가 말도 체력이 좋은 놈들로 새로 지원받았으니 일을 보고 달리면, 오늘 내로 도착할 수 있었다.

"저것들, 잡고 가게?"

"응. 볼일이 좀 있어서."

"백경, 그 친구 일로?"

"……."

잠도 연 백호를 아는 것 같았다. 하긴, 예전에 연 백호가 이화매의 밑에서 있었다고 했었다. 원릉, 그도 알고 있었다. 그러니 잠이 연 백호와 친분이 있는 게 이상한 일은 아니었다.

"그럼 나도 도와야겠네. 내가 뭐 해줄 만한 일은 없을까?"

도와준다는 잠의 말에 조휘는 잠깐 고민하다, 고개를 저었다. 도움이 필요 없는 게 아니라 당장 잠에게 부탁할 만한 일이 떠오르지 않아서였다.

"생각나면 말해주지."

"그래, 그럼 나는 산책 좀 해볼까나?"

그 말을 끝으로 잠도 대열에서 이탈했다. 쭉 뒤로 빠지더니 편한 자세로 주변 경치를 구경하기 시작했다.

서서히 불산이 멀어지고, 시야에서 사라지기 시작했다. 하지만 아직도 아니었다. 아직은 일을 치르기 적합한 장소가 아니었다. 관도를 따라 걷다 보니 주변에 사람이 많았다. 농경지에서 일하는 백성들과 관도를 따라 여행하는 유랑객. 그리고 물건을 운반하는 표사들과 상단들도 종종 보였다.

칼을 찬 무인들도 보였다.

굳이 사람이 없는 으슥한… 곳이 아니더라도, 관도는 작업하기 좋은 지형은 결코 아니었다. 왜? 도망칠 길이 많으니까. 사방이 훤히 뚫려 있어 도망치기 좋은 곳보다는 한두 군데 막혀 있는 곳을 찾아 작업할 생각이었다.

그리고 그런 곳은… 그리 오래 걸리지 않아 조휘의 눈앞에 떡하니 나타났다.

* * *

"어이, 형장. 거 말 좀 물읍시다?"

삐딱한 자세의 장산의 말에 상단의 호위로 보이는 이가 잠시 눈살을 찌푸렸다가 재빠르게 풀고는 대답했다.

"네? 네, 물어보십시오. 하하."

"여기서 광주까지 얼마나 남았수?"

"광주까지 말입니까?"

"그렇수."

장산의 말에 상단 호위가 장산을 갸웃거리며 빤히 바라봤다. 현재 위치는 관도를 따라가다 보면 나오는 다리다. 그리고 다리를 건너 조금만 더 가면 광주가 나온다. 다리를 건너기 전에도 이정표가 있었다. 그런데 물어본다? 그 이유가 궁금한 것이다. 흉흉하진 않지만, 그렇다고 태평성대는 아닌 시절이니까.

"다리 건너기 전에 이정표 못 봤습니까?"

호위는 일단 대답을 슬쩍 돌렸다. 그러자 장산이 킥! 하고 웃더니 혼잣말을 중얼거렸다.

"거, 쌍. 얼마 남았는지 알려주면 되지, 말 참 많네."

근데 혼잣말치고는 목소리가 매우 컸다. 그래, 매우 컸다. 장산의 뒤쪽 삼십 보 정도 떨어진 거리에 있던 조휘의 귀에도 들릴 정도로. 누가 봐도 시비였다.

호위의 얼굴이 바로 굳었다. 싸늘하게 굳은 눈빛에는 참을 만큼 참았으니 이제 참지 않겠다는 감정이 어려 있었다.

"당신, 지금 시비 거는 겁니까?"

스윽.

그의 손은 이미 검의 손잡이에 가 있었다. 장산의 대답 여하에 따라 바로 뽑겠다는 느낌이 굉장히 강했다. 그러나 장산은 웃었다.

"흐, 그럼 이게 뭐로 보이냐? 진짜 길이 궁금해서 온 것 같디?"

비릿한 조소였다.

"도적놈이구나!"

"도적은 개뿔, 긴 말 안 한다. 저거 저놈, 저놈, 그리고 저 새끼랑 마지막으로 저 새끼. 저것들 내놔."

장산이 지목한 자들은 상단의 짐마차 위에 있던 마부, 그 옆에 서 있는 보부상, 쟁자수 둘이었다.

"놈!"

"내놓으라고. 안 그럼 여기서 다 뒤진다."

장산에게는 조휘와는 전혀 다른 똘끼가 있었다. 장산은 일정 이상 흥분하면 진짜 막무가내 기질을 보인다. 지금 이 상황, 연 백호의 복수에 관련되어 있다고 생각했다. 그래서 흥분한 상태라 누가 보면 거의 미친놈처럼 보일 정도였다.

"결국 피를 보자는 소리……."

스르릉…….

빡!

호위가 검을 뽑는데, 그 전에 장산의 주먹이 호위의 면전에 처박혔다. 불의의 기습. 그 한 방에 호위는 그대로 스르륵 무너져 내렸다.

"거 새끼, 말 진짜 많네. 어이! 니들 안 나오냐, 이 새끼들아!"

장산의 호통에 손가락 지목을 받았던 이들의 눈빛이 대번에 서늘해졌다. 대놓고 저러니 잠시 고민하는 거다.

그때 조휘가 다가왔다.

말에서 내린 그가 뚜벅뚜벅 걸어 장산을 스쳐 호위 책임자로 보이는 이의 앞에 섰다. 물론 이미 그는 칼을 뽑아 든 상태였기 때문에 거리는 상당히 벌린 상태였다.

"도적은 아니다. 저기, 저놈들에게 볼일이 있어서 그러니 내주기만 하면 조용히 보내주지."

"그걸 어떻게 믿어야 할지 모르겠네만."

나이 오십 줄을 바라보는 호위 책임자의 눈빛은 나쁘지 않았다. 눈은 마음의 창이라 했는데, 이자의 눈빛은 꽤나 밝았다. 물론 그게 아니더라도 이들과 피를 보고픈 생각은 없었다. 자신은 도적도 아니고, 뒷골목 파락호도 아니었으니까. 그래서 품에서 오홍련의 패를 꺼내 들었다.

"오홍련이다. 저놈들은 동창의 인물이고."

"으음……."

조휘가 던진 패를 말없이 바라보더니 천천히 고개를 돌리는 호위 책임자. 그의 눈에는 이미 살벌하게 변한 동창의 직졸(職卒)들이 보였다. 쟁자수, 보부상, 그리고 마부가 가진 눈빛이라기에는 지나칠 정도로 살벌한 눈빛이다.

"아, 알았소. 이 사람이 얘기한 이들은 빼고 모두 출발한다! 서둘러!"

그는 급히 외치고 바로 조휘를 지나쳐 갔다. 조휘는 말리지 않았다. 썰물 빠지듯 움직인 상단 인원들을 빼면 다리 위에는 조휘의 일행과 동창의 직졸 넷뿐이었다. 조휘는 풍신을 뽑았다. 도망? 못 갈 것이다.

다리의 입구에는 위지룡이 이미 활을 빼놓고 대기 중이었으니까. 조용히 대열을 이탈한 위지룡이다.

아마, 알고 있었어도 둘을 의식할 순 없을 것이다. 왜? 그게 더 티가 날 거고, 그랬다간 선두의 조휘를 놓칠 수도 있었을 테니까.

그래서 무시하고 조휘의 뒤를 따른 것이다. 위지룡을 쫓을 거였으면 상단에서 바로 벗어나 움직였을 거고.

두둑, 두둑.

목을 돌려 풀어준 조휘가 풍신을 삼분지 이 이상 다시 납도한 후 타닥! 화살처럼 쏘아졌다.

대화? 그딴 건 필요 없다. 산 채로 잡든가, 아니면 다 죽이든가. 스릉! 스르릉!

'늦어!'

그아아앙……!

오랜만에 듣는 풍신의 발도가 외나무다리 위의 공기를 찢으며 울려 퍼졌다.

제58장
조현승

깡!

"큭!"

풍신의 발도는 막혔지만, 직졸을 뒤로 훅 날려버렸다. 조휘의 옆을 긴 머리를 찰랑거리며 은여령이 지나쳤다. 머리 위로 쭉 떨어지는 검. 동창과 서창에 대한 분노는 조휘와 못지않을 정도로 강한 그녀다.

일언반구도 없이 뚝 떨어지는 검은, 서걱! 서걱! 두 번의 절삭음을 내뱉었다. 첫 번째는 그대로 검을 갈라버린 소리였고, 두 번째는 정수리부터 턱까지 갈라버리며 난 소리였다. 내공을 운용하는 그녀의 검은 일반적인 무기로는 절대 막을 수 없다. 겨우 직졸이면서 내력을 막아낼 무기를 소지하고 있을 리 없었다. 그리고 작전상 무기를 버리는 경우도 허다하니 뭐, 기대도 안

하는 게 좋다.

쿵.

얼굴이 쩍 벌어지며 피가 솟구쳤다.

그러나 은여령은 이미 뒤로 빠진 뒤였다.

"이게 무슨 짓이지……."

하나를 죽이자 그제야 말문을 여는 동창의 직졸을 보며 조휘는 기가 막힌 표정을 지었다. 조휘답지 않게 격렬한 표정 변화였다.

"이게 무슨 짓이냐고?"

"우리가 누군지 알고 있을 텐데?"

"어, 알아. 동창이든 서창이든, 둘 중 하나 아냐?"

"그걸 알면서……."

"큭! 그래서 이러는 거야……. 내가 누군지는 알지?"

"마도 진조휘……."

"그래, 맞아. 니들이 죽인 연 백호의 부하."

"연 백호?"

"아아, 모르는 척하지 마라. 광동성에서 활동 중인 놈이 설마 연 백호를 모르려고?"

"……."

"거봐, 아네, 알아. 물론 이번 목적은 좀 더 있어. 겸사겸사해서 이 지랄하고 있는 거지."

"미친……."

"큭! 미친? 크흑! 아하하! 푸하하하!"

직졸 하나의 입에서 나온 미친이라는 말에, 조휘의 입에서 대소가 터졌다. 근데 그냥 큰 게 아니라 광기까지 듬뿍 묻어나는 대소였다. 또 시작됐다. 조휘의 격렬한 감정 변화. 적무영을 만난 이후 풍랑 앞에 선 것처럼 흔들리는 감정의 변화는 동창의 직졸과 마주치자 어김없이 찾아왔다.

근데 이건 감정이 통제를 벗어난 게 아니라, 통제를 풀어놓았다는 게 더 맞는 말이었다.

"미친이라고? 히야, 이거. 오랜만에 진짜 개소리를 다 들어보네……. 크크! 니들은 그냥 첩지 하나 떨어지면 사람 잡아다가 고문하고 막 그러잖아. 어? 그리고 죽이고. 안 그래? 그런데 내가 미쳤다고? 어디가? 너보단 양심적인데?"

"우리는 대명을 위해……."

"개소리 집어치워. 나라를 위한다는 허울 좋은 명분은 좀 빼고. 니들은 그냥 시키니까 하는 거잖아. 대의? 어디에 있나, 그런 게? 밀지(密旨) 한 장에 사람 잡아다 죽이는 새끼들이?"

"……."

직졸은 답을 안 했다. 대신 눈알을 굴렸다. 이쪽저쪽을 보는 거다. 근데 여긴 다리 위다. 단순한 다리는 아니고, 광주는 낮은 지대에 있어 불산에서 가다 보면 관도 옆으로 절벽이 나온다.

그 절벽의 중간에 다리가 하나 나오는데, 이게 상당한 높이를 자랑한다. 피해 가면 반 시진에서 한 시진은 더 걸린다. 그러니 어쩔 수 없이 이 다리를 건너야 하는데, 이 다리가 좀 높다. 만장단애는 아니더라도, 족히 백장은 될 법한 높이에 있다. 뭔 말인가 하면 다리 밖으로는 못 도망친다는 소리다.

"하나만 묻자. 연 백호는 왜 죽였어?"

"……."

아주 당연하지만, 대답은 들려오지 않았다. 직졸은 자세를 낮추고 무기를 들 뿐이었고, 그런 직졸에게 조휘는 바로 뛰어들었다.

깡!

까강!

어느새 조휘의 손엔 풍신 대신 쌍악이 들려 있었다. 협소하진 않으나 직졸의 무기는 단병(短兵)이다. 그러니 풍신보다는 쌍악이 훨씬 더 상대하기 편했다.

깡! 까강! 깡! 깡!

순식간에 공수를 주고받는 직졸과 조휘. 조휘의 입가에는 서서히 미소가, 눈빛에도 변화가 찾아왔다.

애초에 살려둘 생각은 없었다.

겨우 직졸이다.

연 백호를 죽인 명령자와 실행자를 알고 있을 가능성은 거의 없었다. 그건 이미 산동성서 서창의 인물들을 족칠 때 느꼈었다. 연 백호에 관련된 정보를 얻으려면 적어도 종사품 첩형관(貼刑官) 정도는 잡아 족쳐야 나올 거라고. 그러니 이것들은 그냥 죽여도 된다. 괜히 무시해서 뒤를 밟혀 조현승에 대한 정보가 흘러가는 것보다도 나을 것이다. 아니, 솔직히 이건 조휘의 핑계다.

동창이니까, 다른 것들도 아니고 동창의 놈들이니까 죽이는 거다.

쉭!

목을 노리고 직졸의 단도가 정직하게 들어왔다. 조휘는 상체를 뒤로 뺐다. 슉! 정확히 손가락 한 마디 거리를 남기고 도가 지나가고, 원심력으로 인해 놈의 몸이 빙글 돌았다. 그러나 참… 병신 같은 행동이다.

퍽!

한 바퀴를 다 돌기 전, 이미 조휘는 뛰어들고 있었다. 그리고 바로 어깨치기. 제대로 들어가 놈은 컥, 소리만 내고 훅 날아갔다. 다른 직졸 둘이 동시에 달려들었다. 이 상황에서는 조휘를 잡는 게 최선인 걸 아는 거다.

하지만 겨우 직졸 따위가 전역 전에도, 전역 후에도 수없이 많은 전장에서 죽을 고비를 넘긴 조휘에게 상대가 될 리가 없었다.

감각 자체가 달랐다.

쉭!

쉭!

두 번의 소리. 합격이지만 미묘하게 틀어졌다. 동창이라는 기관의 특성상 연수합격이 익숙해야 함에도 이런다는 건 결국 두 가지 이유밖에 없었다.

'경험이 없든가, 아니면 서로 손발을 맞춰 본 적이 아예 없든가…….'

그 결과, 조휘는 지금 칼날이 목숨을 위협하는 이 순간에도 이런 생각을 할 정도로 여유가 있었다.

깡!

흑악으로 목을 노리고 들어오는 단도를 막고, 쉭! 백악으로 위협. 빠각! 이후 빠지는 놈을 쫓아가 팔꿈치를 접어 관자놀이에 박았다.

또 하나가 쓰러지니 이제 서 있는 놈은 겨우 하나밖에 남지 않았다. 동료 셋이 순식간에 쓰러졌는데도 역시 동창은 동창인지, 표정에 변화는 없었다. 확실히 인격이 망가진 새끼들다웠다.

이번에도 먼저 들어왔다.

공격이 최선의 방어이긴 하지만, 상대가 너무 안 좋았다.

빡!

우둑!

피하는 순간 옆구리에 한 방. 그러자 바로 자세가 무너졌다. 사실 이 정도로는 씨알도 안 먹히는 놈이지만, 그 한 방을 넣은 게 조휘라면 말이 달라진다.

"크……."

대번에 놈의 입에서 신음이 흘러나왔다. 정신에 이상한 짓을 해놓아 신음도 잘 안 흘리는 놈들이지만, 뼈가 박살 나는 한 방이라면 정말 참기 힘들 것이다.

빡!

우두둑!

그대로 몸을 돌려 물러서는 놈의 옆구리를 쭉 밀어 찼다. 그것도 못 막아 또 뼈가 부러졌다. 이제 동창의 직졸 따위는 그냥 가지고 노는 조휘였다. 특히 조선에서의 작전은 정체되어 있던 조휘의 무력을 진일보시켜 줬다.

여유와 감각이 그 이전에 비해 월등이 높아진 것이다. 게다가 시야도 좋아졌다. 웬만한 수작은 그냥 눈에 보였다.

빡.

발끝으로 정강이를 걷어차자 바로 튕겨 올라갔다. 그 순간 자세가 비틀렸고, 휘릭! 주먹이 그대로 쏠리는 상체, 턱에 걸렸다.

빠각!

후웅!

붕 뜨는 몸에 다시 돌려차기.

빡!

그게 마무리였다. 놈은 미동도 안 하고, 아주 튼튼하게 지어진 다리에 널브러져 부들부들 떨기만 했다.

"멀쩡한 두 놈만 끌고 가고 나머지 것들은 버려."

"네."

장산이 시체 하나와 마지막으로 조휘가 조진 놈을 잡아 다리 밖으로 던졌다. 그걸로 짧은 전투가 마무리됐고, 걸린 시각은 채 이각이 되지 않았다. 속전속결이란 말이 참 어울리는 전투였다. 하지만 조휘의 입장에서는 긴장감도 없고, 올라온 분노도 제대로 풀리지 않은… 찝찝한 전투일 뿐이었다.

* * *

새하얀 수염을 길게 기른 노인 하나가 주변을 둘러보다가 홍등가의 기루로 들어갔다. 노인이 홍등가라……. 이상하지만, 또 이상한 건 아니었다. 사내의 성욕은 사람에 따라 다르지만, 어떤 부류는 죽을 때까지 유지되었다니까. 하지만 사내는 성욕을 풀러 홍등가에 온 건 아니었다.

기루로 들어간 노인은 이 층으로 올라가지 않고 일 층의 뒷문으로 나가 다시 창고로 들어갔다. 거기서 바닥의 나무 문을 열고 아래로 내려가 한참을 건 다음 세 갈래 길에서 오른쪽으로 틀어서 다시 한참을 걸었다.

이후 여섯 번째 문을 열고 밖으로 나오는 노인.

외형만 노인이지, 지하에서 부터 걷는 모습을 보니 절대 노인은 아니었다. 당당함, 절도가 가득 배어났기 때문이다.

"후우."

"당신… 오셨어요?"

작은 공간에는 노인, 아니 조현승의 아내와 가족이 기다리고 있었다. 어두컴컴한 밀실 정도는 아니고, 작고 허름한 창고 같은 내부였다. 아, 곳간. 딱 곳간의 느낌과 냄새가 강했다. 사방에 문이 없는… 곳간 말이다.

"애들은?"

"자고 있어요."

그녀의 시선을 따라가 보니, 덮을 수 있는 모든 것을 덮은 채 자고 있는 아들과 딸이 보였다. 그 모습에 또 울컥, 감정이 치밀어 오르지만… 조현승은 참아냈다. 지금은 강해져야 할 때니까.

당당한, 세상에서 가장 강한 아버지와 부군의 모습을 보여야 할 때니까……. 그렇지만.

"많이 지친 모양이군. 미안하오, 나 때문에……."

"……."

역시 그도 사람이다.

조현승의 말에 아내, 임홍(任泓)은 말없이 고개를 저었다. 얼굴에는 자애로운 미소가 떠올라 있어 조현승은 저도 모르게 그녀를 끌어당겨 품에 안았다. 따뜻한 체온이 느껴져야 하건만, 차가움만 가득하다.

"나 때문에 너무… 고생이 많소."

"아니에요, 아니에요, 가가……."

가끔가다 해주는 말이다.

조현승이 힘이 없을 때마다 해주는 단어. 그 말은 그에게 큰 힘이 되어 주었다. 지금까지 그랬고, 지금도 그렇고, 이후에도 그럴 것이다. 그가 임홍을 처음 만난 건 당연히 북경에서다. 이상하게도 시전 거리에서 악착같이 자신의 것을 지키려고 했던, 조선에서 넘어온 그 열여덟 살 여인의 모습에 눈이 갔고, 한동안 열렬히 구애하고 나서야 그녀의 마음을 얻었다. 알고 봤더니 그녀의 겉은 강하지만, 속은 자상하고 자애롭기 그지없었다. 겉과 속이 매우 다른 임홍의 모습은 이상하기도 할 테지만 자기 사람에게만 보여주는 그 모습은 오히려 안도감이 들었다.

대외적으로는 북경 위지휘사사 진무(鎭撫)의 아내로 당당한 모습을 보이지만 가족에게는 오로지 헌신적인 모습만을 보여주는, 그런 정말 사랑스러운 여인이다. 그런 그녀가 자신 때문에, 이런 모진 일을 당하고 있었다.

"나가셨던 일은 잘되셨나요?"

품에서 작게 물어오는 목소리에, 조현승은 고개를 크게 끄덕였다. 바로 나온 대답이다. 거짓은 없다. 이런 느낌을 주기 위해서였다.

그런 이유는 사실 잘 안됐기 때문이다.

"걱정 마시오. 여기서 배를 타고 조선으로 넘어갈 생각이오."

물론 이것도 거짓말이었다.

그의 아내를 안심시키기 위해, 그리고 그녀가 아이들을 안심시킬 수 있게 해주기 위해 한 거짓말.

선의의 거짓말이었다.

품에서 그녀가 작게 떨었다. 추운 모양이었다. 그래서 더욱 꼬옥 안았다.

"아파요……."

"아, 미안하오."

"아니에요. 호호, 당신의 그런 모습은 참 좋아요."

"하하, 그렇소?"

"호호, 그래요."

별다를 것 없는 부부의 대화 같았다. 하지만 두 사람은 잘 알고 있었다. 별다를 것 없는 부부가 아니고, 역모의 죄를 뒤집어쓰고 도망치는 부부라는 걸. 그러니 약간 침체된 분위기는 어쩔 수 없었다.

"조선… 그리운 이름이에요."

"하하, 그렇겠구려. 몇 살 때 넘어왔다 했소?"

"열둘인가? 아마 그쯤일 거예요. 황해도에서 도적에게 잡혀… 왔지요. 겨우 북경에서 탈출해 당신을 만났고요."

"그렇구려."

그녀는 자신의 얘기를 먼저 하는 법이 없었다. 하지만 물어보면 이렇게 조잘조잘 사랑스러운 목소리로 대답해 줬다. 묻지 않은 것까지 더 넣어서. 이런 모습조차 조현승에게는 사랑스럽기 그지없을 뿐이었다.

그래서 다시 그녀를 세게 안았다.

"아야……."

"……."

지금까지는 잘 왔다.

자신의 모든 능력, 인맥을 총동원해서 북경에서 광동성 광주까지 도망쳐 왔다. 하지만 문제는 이제부터다.

그는 안다.

동창과 서창의 악착같음을.

절대 포기하지 않을 것이다.

그러니 대명천지 그 어디에도 안전한 곳은 없는 거다. 그래서 조선으로 건너갈 계획을 세웠다.

하지만 문제는… 조선으로 갈 배편을 아직 구하지 못했다. 그래서 지금 그의 속은 아주 새까맣게 타들어 가고 있었다.

'신이시여… 제발…….'

신을 믿지는 않지만, 이번만큼은 정말 간절하게 빌었다. 자신은 몰라도, 아내와 아이들만큼은 살려달라고. 제발 가호를 내려달라고. 그런 자신의 소원을 들어만 준다면 영혼이라도 받칠 각오가 되어 있었다.

어느새 그녀는 품에서 새근새근 잠이 들었다. 여전히 차갑고,

얼굴은 야위어 광대가 홀쭉해 보였다. 그럴 만했다. 먹을 건 거의 전부 아이들을 먹이고, 본인은 겨우 움직일 수 있을 정도만 먹었으니까.

그래서 조현승은 배로, 마차로 여기까지 움직였다. 지친 그녀를 위해.

창문 하나 없는 곳간에 점차 한기가 들어찼다. 해가 지고 있다는 뜻. 조현승도 아내를 안고 한쪽에 누웠다.

차가운 기운이 등골을 타고 올라왔다. 그러나 지쳤던지… 이내 스르륵, 잠에 빠져들었다.

*　　　*　　　*

광동성 광주.

도성임을 자랑하듯 해질녘의 광주는 사람으로 미어터질 지경이란 말이 뭔지 확실하게 보여줬다. 모든 도성이 뭐 그렇겠지만, 광주는 이상하게도 인구 밀집도가 높았다. 북경에 비하면 새 발의 피긴 하다. 하지만 북경을 빼면 거의 세 손가락 안에 들어가는 정도다.

덕분에 광주로 들어선 조휘를 아주 곤란하게 만들었다. 오홍련 지부가 운영하는 객잔에 들어선 조휘는 자리에 앉자마자 한숨을 토해냈다.

"여기서 대체 사람 하나를 어떻게 찾나."

하아, 여태껏 오홍련의 정보력을 이용했지만, 이 정도면 솔직히 아주 확실한 정보가 들어온다고 하더라도 대처하기가 정말 쉽지 않았다. 그게 조휘의 생각이었다. 그리고 그런 조휘의 생각과 다른 이들은 없었다.

항상 유쾌하던 잠도 이번만큼은 한숨을 푹푹 내쉬고 있었다. 아, 지친다, 지쳐. 등등 혼잣말을 하면서.

가볍게 저녁을 먹는 와중에도 누구 한 명 입을 여는 사람이 없었다. 여태껏 발바닥에 땀나도록 사방팔방 휘젓고 다녔다. 솔직히 광주행도 제대로 된 선택인지 아닌지, 아직 오홍련의 정보가 오질 않아 확인도 안 된 상태였다.

만약 조현승이 광주에 안 왔다고 해도 조휘는 자신 혼자만의 잘못은 솔직히 아니라고 생각했다. 광주행에는 총 세 사람의 의견이 섞여 있기 때문이다.

청원에서 잠의 감.

또한 조휘의 감도 섞였고, 은여령이 조현승일 것이라 생각되는 배를 목격했다는 소리에 오홍련의 비선이 보내온 정보를 무시하고 불산까지 내려왔고, 거기서는 다시 오홍련의 정보를 믿고 광주로 향했다.

'아, 넷이군. 오홍련까지.'

잠, 은여령, 오홍련, 그리고 자신의 의견이 전부 섞였다. 이렇게까지 했는데 만약 잘못됐으면? 조현승이 정말 대단한 거다.

이화매가 그렇게 특별하다고 말한 잠의 감각을 속였으며, 자신은 물론 은여령, 거기에 더해 오홍련의 정보력까지 모조리 속인 게 된다. 솔직히 그 정도면 인정해야 된다. 넷이나 합쳐진 자신들의 머리로 조현승의 머리를 따라잡을 수 없다는 걸.

'대단한 자야, 진짜.'

오면서 계속해서 느낀 건데, 조현승 그는 단순한 사람은 아닌 것 같았다. 북경 위지휘사사(衛指揮使司)의 진무(鎭撫)?

'훈련 교관? 이 정도 머리를 쓰는 사람이 고작 훈련 교관이라고? 말도 안 되는 소리지. 자리가 완전 잘못된 거야. 그리고 그런 자를 겨우 진무급에 놓은 놈들도 병신이고.'

종오품의 관직이니 낮은 건 분명 아니다. 하지만 그렇다고 특별한 것도 아니다. 이 중원 천지에 종오품 관직을 가진 이를 세라면 진짜 셀 수 없이 많이 나올 것이다. 그러니 관직 자체가 낮진 않아도 특별한 건 아니었다.

문제는 관직이 아니라 조현승이란 인간 자체가 가진 특별함이다. 이런 자를 바로 주머니의 송곳이라 볼 수 있다.

'그게 기어코 뚫고 나온 거지. 나라에 대한 충정에 의해.'

이화매가 그를 영입하려는 이유를 잘 알겠다. 자신과 비슷하게, 마음만 얻어내면 제 몫을 아주 단단히 해줄 사람이다.

'근데 그것도 찾아야 뭘 하지. 이건 뭐.'

진짜 숲에서 나무를 찾는 격이다.

오늘은 특히나 광주 성내가 아주 바글바글했다. 당연히 사람들로 우글거렸다. 서문으로 들어서 여기까지 오면서 대체 몇 번이나 사람들과 부딪쳤어야 했는지, 만약 조휘를 암살하고픈 자들이 있었다면 손뼉을 치며 좋아할 정도의 환경이었다. 그 정도로 오늘의 광주는 붐볐다. 그러니 아주 답답하다. 가슴에 묵직한 돌덩이가 내려앉은 것처럼. 그 답답함이 싫었는지, 이화가 침묵을 깨버렸다.

"만약 여기서도 못 찾으면 어떻게 해요?"

그녀의 질문은 아주 타당하며, 조휘도 오면서 고민했던 점이다. 하지만 답은 거의 정해져 있었고, 조휘는 그 답을 이미 선택했다.

"포기해야지."

"포기요? 아깝지 않아요?"

"만약 광주에 없으면 우리 전부를 다 속인거야. 그럼 다시 그의 추적로를 생각해야 하는데 그건 불가능해. 어디로 튀든 이미 우리가 어떻게 할 수 있는 거리는 한참 벗어났어."

"아, 그렇겠네요."

홀짝.

이화는 뾰로통한 얼굴로 차를 홀짝거렸다. 그런데 그게 다 식어서 좀 썼는지, 이번엔 인상을 잔뜩 찌푸렸다.

"그러니 여기 있길 바라야지. 마지막 기회야, 광주는."

"휴……."

조휘의 말에 이곳저곳에서 한숨이 산발적으로 흘러나왔다. 이번에는 웬만해서는 조용히 하고 있던 은여령도 한숨을 내쉬었다. 근 이주간 꼬리에 불붙은 망아지처럼 광동성 사방팔방을 뛰어다녔다.

물론 발이 아닌 말을 타고 다녔지만, 그것만으로도 엄청난 체력 소모가 있었다. 말을 탄다고 절대 편한 게 아니다. 익숙지 않으면 엉덩이가 아주……. 그러니 천하의 은여령도 지쳤다. 잠은 물론 조휘도 그리 상태가 좋은 건 아니었다.

"아, 언제 온답니까? 아주 죽겠수."

장산의 앓는 소리에 공작대원들이 저도 모르게 수긍하며 고개를 끄덕였다. 극한의 훈련 과정을 거친 공작대도 힘든 상황이다.

"기다려 봐. 자정 전에는 오겠지."

"자정? 어우……."

진절머리가 났는지 장산이 인상을 와락 쓰곤 탁자에 엎어졌다. 그러더니 힘없는 목소리로 중얼거렸다.

"그냥 일만 대군에 갇히는 게 낫지. 이건 진짜… 어휴."

피식.

조휘도 그 말에는 동감한다.

이럴 거면 그냥 싸우는 낫다고 생각한 마당이다. 낮에 동창의 직졸들을 족치면서, 얼마나 속이 후련했는지 모르겠다.

"그 말에는 나도 동감한다."

"아… 조장, 다음엔 이런 거 맡지 마우. 이거 두 번 하다간 아주 사람 잡것소."

"그래, 그럴 생각이다. 근데 너 말투가 왜 그러냐? 사투리 원래 안 쓰잖아?"

"흐흐, 애들 생각나서 그렇수."

"아. 아아."

조휘는 고개를 끄덕였다.

그러고 보니 장산이 잘 챙긴 놈이 있었다. 지랑 똑같이 우락부락하고, 도끼를 쓰던 놈이었다. 아니, 장산이 가르쳐 어쩔 수 없이 도끼를 사용했던 놈. 그놈 말투가 딱 저랬다. 그놈이 사투리 억양이 굉장히 셌다.

"놈의 복수를 끝내기 전까지는 이 말투 쓸라우."

"마음대로 해라."

복수라.

다시 장응서가 생각났다.

아마 지금쯤이면 싹 불었을 것이다. 강단도 없는 놈이 원룡의 고문을 버틸 리가 없었다. 이번 작전만 끝나면 해남도 삼아로 가서 놈의 목을 직접 썰어버릴 거다. 아니, 장산이나 위지룡에게 맡길 생각이다.

그게 조휘가 장산이나 위지룡에게 해줄 수 있는 유일한 위로다.

"그보다 위 조장이 늦네요."

은여령의 말에 조휘는 고개를 끄덕였다. 위지룡은 지금 공작대원 둘을 데리고 광주의 오홍련 지부에 가 있었다.

최근 갱신된 정보를 받아 오기 위해서였다. 바로 받아 오기에는 분류되는 양이 많을 테니, 아직도 돌아오지 않았다. 혹시 모를 걱정? 그런 걱정은 하지 않았다. 위지룡을 죽이려면, 최소 조휘 정도 되는 실력자가 달려들어야 한다. 왜? 놈이 마음먹고 몸을 빼면 잡기 힘들기 때문이다.

저격수답게 위지룡의 움직임은 정말 재빠르다. 길쭉한 다리로 달려 조휘도 잡기 힘들다. 그리고 주변 지형을 이용한 은폐, 엄폐도 조휘보다 낫다. 동창이나 서창이 놈을 잡고 싶다면 아마 광중에 있는 모든 직졸들을 동원해야 할 것이다. 그 정도로 위지룡의 능력은 뛰어났다. 그리고 위지룡은 물론 공작대 전원이 신호용 화살을 가지고 있다. 피리처럼 찢어지는 소리를 내는 그것은 위급할 때만 사용된다. 그게 울리지 않았으니 걱정이

들 리 없었다.

"곧 오겠지."

위지룡이 돌아오면 이제 판가름이 난다.

넷이 모여 머리를 굴린 결과, 조현승에게 속았는지, 아니면 반대로 제대로 짚었는지. 조휘는 당연히 후자이길 바랐다.

* * *

술시 말이 돼서야 위지룡이 돌아왔다. 이화는 피곤한지 먼저 올라갔고, 공작대원들도 돌아가며 휴식을 명해 놓아 객잔 일층에는 장산, 잠, 은여령과 두 명의 공작대원만 있었다.

"저녁은요?"

"먹었습니다. 대주, 여기."

은여령의 질문에 가볍게 답하고 조휘에게 서신을 내미는 위지룡. 조휘는 그 서신을 받으며 고생했단 말을 해주고, 서신을 펴면서 물었다.

"밖은 어때. 놈들 주변에 있어?"

"네. 아직 우리가 다리에서 선수를 친 건 모르는 것 같습니다. 하지만 금방 들통날 겁니다."

"괜찮아. 어차피 이제 서로 치고받고 할 건데, 하나라도 줄여 놓는 게 나아."

"하하, 그건 그렇습니다."

다리에서 생포한 놈들에게서 나온 건 아무것도 없었다. 말단답게 정말 아무것도 모르고 있었다. 그래서 조휘는 친절히, 고통 없이 보내줬다. 시체야 숨기긴 했지만, 동창 정도 되면 금방 찾아낼 것이다. 애초에 그런 쪽으로 특화된 놈들이니 말이다.

서신을 펼쳐 내용을 다 읽은 조휘는 미간을 찌푸렸다.

추정, 추정, 추정, 추정. 그놈의 추정이란 말만 가득했다.

"하……."

한숨과 함께 맥이 탁 풀렸다.

서신을 돌린 조휘는 상체를 뒤로 쭉 젖혔다. 맥이 풀리니 피로가 아주 잘 만났다, 이놈! 하면서 온몸에 달라붙는 느낌이었다.

"이건 좀… 곤란한데?"

잠도 특유의 유쾌함은 버린 채 얼굴을 굳힌 상태였다. 이윽고 전부가 서신을 돌려봤다. 은여령이 하아, 하는 짧은 한숨과 함께 먼저 입을 열었다.

"이건 찾았다는 건가요, 못 찾았다는 건가요?"

"그 중간이지."

"너무 애매해요."

"의심은 되나, 확신은 하지 못하는 더러운 상황이란 거야. 그러니 추정, 추정. 의심되니 추정이란 단어로 서신을 썼겠지."

단어 하나에 이가 갈릴 뻔한 적은 오랜만이었다.

"나무는 숲에 숨기란 말이 있지."

잠이 툭 던진 말.

조휘도 연 백호에게 들어본 말이다.

인간이든 사물이든, 숨기고 싶으면 똑같은 게 잔뜩 존재하는 곳에 숨기라는 말이다. 그러니 나무는 숲에, 사람은… 사람

속에.

오늘 광주는?

인간으로 미어터진다.

"가능성은 높아. 여기 있을 것 같다고 말해주는데, 내 감이?"

"그래?"

자기 감을 저렇게 믿어 의심치 않는데, 그게 이상하게 보이지는 않았다. 애초에 그 감 하나를 믿고 이화매가 보낸 거니까. 잠을 의심하는 건 이화매를 의심하는 게 되는 건데, 조휘는 이화매는 의심하지 않았다.

그녀를 못 믿는다면, 세상천지 믿을 건 하나도 없다. 그러니 그녀는 믿는데… 조현승, 그 작자가 문제다.

잠의 감조차 속일 것 같아서.

"동창 놈들의 움직임에 신경 써달라고 전해놨지?"

"해놨습니다."

"그럼 일단 기다려 보자고. 동창이 급하게 움직이면 그건 분명 조현승과 관련된 움직임일 확률이 높으니까."

"알겠습니다. 대주 좀 쉬십시오. 제가 먼저 번을 서겠습니다."

"아니, 갔다 오느라 고생했으니 먼저 자 둬. 여긴 나랑 은여령이 맡을 테니까."

"네."

위지룡이 군말 없이 일어서자 장산을 비롯한 일행 전부가 일어났다. 굳이 번을 서는 순서 때문에 심력을 소모할 필요는 없다는 걸 알기 때문이다.

조휘와 은여령만 남은 객잔은 좀 음침했다. 그렇다고 두 사람은 그 음침함을 풀기 위한 대화를 나누지는 않았다. 사위는 고요, 그 상황에 떠들면 소리를 놓치게 되기 때문이다.

조휘가 번을 서기 시작한 자정 전부터 모두가 일어난 진시 초까지, 광주의 밤은… 고요했다. 그게 조현승에게 또 당한 건 아닌가, 하는 의심의 불씨를 단숨에 당겨 버렸다.

끼이익.

바닥의 문을 열어 올린 사내가 뒤에 서 있는 여인에게 웃는 얼굴로 입을 열었다.

"갔다 오리다."

"조심하세요……."

"걱정 마시오. 나 북경 위지휘사사 진무 조현승이오. 하하."

"그래도요. 꼭 조심하세요."

"알겠소. 그럼."

조현승은 아무런 걱정 없다는 듯이 웃는 낯으로 고개를 끄덕여 준 다음 지하 통로로 내려갔다. 하지만 어둠에 싸인 지하로 내려가자마자, 조현승의 얼굴은 돌변한 사람처럼 확 굳었다. 이틀 전, 지하에서 발소리를 들었다. 천운이 함께했는지 그 소리의 주인들은 조현승이 있던 비밀 창고를 찾지 못하고 그냥 지나쳤다.

그때 느꼈다.

숨통이 턱 막히는, 정말 답답한 심정을.

그리고 심장이 터져 나가는 공포까지 같이 느꼈다. 그 직후 느낀 게 하나 더 있는데 하루 빨리 이곳 광주를 빠져나가야 한다는 점이었다. 지금까지 사람이 최대한 없는 곳을 통해 도망쳤었다. 그리고 마지막으로 이곳 광주의 틈으로 숨어들었다.

나름의 역발상이었던 것이다.

하지만 이제 전부 끝난 걸까? 더 이상 천운도 함께하지 않고, 자신의 능력도 먹히지 않는 걸까?

조현승은 조심스레 지하를 걸으며 생각에 잠겼다. 마지막이다. 조선으로 향하는 배만 찾을 수 있다면, 명의 추적을 거의 따돌렸다 할 수 있었다. 그런데 그게 너무 쉽지 않았다. 첫날 도착했을 때 선착장에 가서 알아보려 했지만 쫙 깔린 동창의 직졸들 때문에 아예 들어가지도 못했다.

일반 백성으로 위장하고, 상단의 책임자로 위장하고, 뒷골목 파락호처럼 건들거리고 있기도 했지만 조현승의 눈썰미를 피하지는 못했다. 애초 조현승은 훈련 교관이었다. 동창의 직졸들을 키워낸 건 아니지만, 자금성에 있으며 봤던 게 있었다. 그들은 진짜 사람 냄새가 안 났다. 감정이 제거당한 것 같은, 그런 아주 딱딱한 기세가 있었고 그건 아무리 연기를 해도 조현승에게는 이상하게도 다 느껴졌다.

뱃길을 알아볼 수 있는 모든 곳에 깔려 있는 직졸들 때문에 조현승은 며칠째 허탕을 치고 있었다.

하루빨리 찾아야, 아내와 아이들을 그 눅눅하고, 축축하고, 추운 공간에서 나오게 할 수 있는데… 그게 불가능하니 조바심이 생기기 시작했다.

끼이익.

밖으로 나온 조현승은 자연스럽게 인파 속으로 녹아들었다.

선착장과 객잔은 거의 직졸들이 쫙 깔렸다고 봐야 된다.

'그렇다고 이제 와서 나갈 수도 없어. 동창이면 분명 내가 광주로 들어왔다는 걸 뒤늦게나마 알았을 거야. 그러니 선착장에 그렇게 많이 깔려 있는 거고. 어떻게 한다…….'

지나가는 사람들이 툭툭 어깨를 부딪쳤지만 조현승은 꿈쩍도 안 하며 걸었다. 오늘의 목적은 시전 거리다.

첫날 사다 놓은 식량이 전부 떨어졌다. 못 사서 들어가면 아내와 아이들이 굶어야 할 판이다.

자기 자신은 굶어도 된다. 하지만 아내와 애들만큼은 절대로 굶길 수 없는 조현승이었다. 가장의 마음이 모두 그렇듯, 조현승도 그 부분은 평범한 아버지들과 조금도 다르지 않았다. 모포 비슷한 것을 뒤집어썼던 조현승은 시전 거리에 들어서면서 벗고는 봇짐에 챙겨 넣었다.

그의 지론 중 하나, 의심은 얼굴이 보이지 않는 대상에게 집중된다. 혹은 가중된다.

이미 변장은 한 상태였다.

북경에서 탈출하기 전, 친우였던 이가 해준 변장은 정말 하나도 티가 안 날 정도로 정교했다. 덕분에 몇 번이나 직졸들과 마주쳤었는데도 그냥 지나쳤었다. 지금처럼. 시전의 한 모퉁이에서 고기를 패던 직졸 앞으로 무심히 지나쳤는데, 직졸은 봤으면서도 어떤 반응도 하지 않았다.

알아채고도 모른 척할 가능성도 있긴 하다.

'못 알아차렸어.'

감각적으로 조현승을 알 수 있었다.

자신의 변장을 꿰뚫어볼 직감, 실력이 좀 전 직졸에게는 없었다고. 조현승의 입가에 안도의 미소가 자그마하게 자리 잡았다. 좀 전의 일로 여유가 생긴 걸까? 아니다, 그건 아니었다. 조현승은 어설프지 않았다.

그 정도로 안도했다면 여기까지 오지도 못했을 거다. 오히려 팽팽하게 긴장감을 바짝 쪼여 놓은 상태였다.

물론, 그러면서도 겉으로는 내색하지 않았다. 내색하는 순간 모조리 끝장나니까. 휴대성이 간편하고, 오래 체력을 유지해 주는 육포 가게 앞에 멈춰 서는 조현승.

"이건 얼마요?"

"어이구, 닷 전만 주시오. 하하."

"비싸구려. 저기 지나오는 길에 넉 전에 파는 이도 봤소만?"

"어허! 나라고 그걸 모르겠소? 하지만 정가 놈이 만든 육포는 질기기 그지없다오! 실력이 없으니 싸게 파는 게 아니겠소?"

"또 그런 거요?"

"으하핫! 물론이오! 내가 이래 봬도 여기서 이 장사만 삼십 년째라오. 부친이 했던 것까지 합치면 그 몇 배 이상이오!"

오래됐으니 실력이 있다는 말을 하는 거지만, 그거야 확인해 줄 사람이 없으니 신빙성이 떨어진다. 그래서 조현승은 손으로 작은 조각 하나를 집어 올려 만지작거려 봤다. 눌렀을 때 말랑말랑한 게, 확실히 질긴 육포는 아니었다.

'일주일 치. 이게 마지막이다.'

탈출하며 챙겨온 돈은 이제 오늘 식량을 사면 끝이다. 많은 돈을 챙겨 왔지만 마차며 배며, 낭인을 고용하는 데 다 썼다. 물론 뱃삯은 빼놓았다. 넉넉하게. 혹시 몰라 밀항의 경우도 생각했다. 그러니 그 돈은 쓸 수 없고, 남은 돈으로 마지막 일주일 치 식량을 사면 이제 그 기간 안에 반드시 광주를 벗어나야 한다.

"은자 반 냥어치 담아 주시오."

육포는 비싸다. 고기를 말린 음식이니 말이다.

챙겨온 가죽 주머니를 내밀며 말하자 주인이 잽싸게 그걸 낚아챘다. 얼른 마음이 변하기 전에 팔고픈 것이다. 아내를 위해, 아이들을 위해 그래도 좋은 걸로 사기로 마음먹은지라 안 그래도 되는데도 말이다.

"어이쿠! 감사합니다요! 하핫!"

주인이 얼른 주머니에 육포를 담았다. 손을 다시 뻗어 적당히 작은 육표 조각 하나를 입에 넣고 질겅질겅 씹는 조현승. 그러면서 사방을 한번 둘러봤다. 얼굴은 웃으면서. 경계의 눈빛을 하는 순간, 의심을 살지도 모르니까. 들어올 때는 바닥을 보지 못했다. 그 정도로 붐비는 시전 거리다.

상인부터 일반 백성까지, 간간이 색목인에 곤륜노도 보였다. 바다에 바로 맞닿아 있는 도성이라 그런지 다양한 인종이 보였다.

귀에는 사람들의 흥정, 욕지거리, 웃고 떠드는 소리가 들려왔다. 다 담았는지 주인의 목소리가 뒤에서 들려왔다.

"여기, 다 담았습니다요!"

"아, 감사……."

"조현승 진무 나리."

"……."

우뚝.

상체를 반만 돌리다 말고 멈추는 조현승. 이후 고개만 돌아가 좀 전의 주인장에게 시선을 향했다.

씨익, 웃고 있는 주인장이 보였다.

어떻게?

같은 의문 따위는 나중이다.

즉각 몸을 뺀 조현승은 인파 속에 몸을 숨겼다. 그렇게 도망치는 조현승을 주인은 쫓지 않았다. 다만 옆의 종 같은 걸 작게 쳤다. 그러자 뒤에 있던 주렴이 열리며 한 사람이 나왔다.

"부르셨습니까, 금위형천호님."

"호칭이 길어. 그리고 찾았으니까 군관들에게 신호를 넣고 시전 거리를 봉쇄해."

"네."

주인장의 명령을 받은 사내는 즉각 사라졌고, 주인장, 동창 광주성의 책임자라 할 수 있는 금위형천호 우광(禹廣)은 나직이 미소를 지었다.

"아, 길었다."

그 말을 끝으로 손을 탁탁 털더니, 가게 문을 닫았다. 종삼품 정도 되면 역시, 능력이 다르긴 한가 보다.

아니면 육포 가게 주인으로 위장했던 이자, 우광이 특별하던가.

*　　　*　　　*

훅훅!

조현승은 발바닥에 불이 난 것처럼 뛰었다. 체력 안배? 주변 경계? 심지어 어떻게 걸렸는지 고민해 볼 생각조차 들지 않았다. 지금 그런 건 아무래도 좋다. 포위되기 전에 당장 여기를 벗어나는 게 급선무였다.

시전 거리의 중앙, 사거리에 도착한 조현승은 잠깐 멈춰 서서 사방을 둘러봤다. 아주 자연스럽게 다가오는… 동창의 직졸들이 보였다.

으하하!

옆 사람과 웃고 떠들면서.

당과가 열 개에 닷 전! 당과가 열 개에 닷 전! 떨이요, 떨이!

좌판을 매고 다가오면서, 상단 호위인 척, 사방을 매섭게 노려보면서.

각자의 방식으로 자신의 신분을 숨긴 채 배역에 충실한 채 다가오고 있었다.

으득!

뒤는 물론, 전방, 좌와 우까지.

모든 방위를 점거한 채 다가오는 직졸들에 조현승은 이를 깨물었다. 소매 안쪽에 달아놓았던 단도를 꺼내 옷소매에 숨기고는 앞으로 빠른 걸음으로 걷기 시작하는 조현승. 머리를 잘 써서 여기까지 도망치긴 했지만, 실제 그의 직업은 위지휘사사 소속 진무, 훈련 교관이다. 즉, 조현승 본인도 무예를 출중하게 익혔다는 뜻이다. 직졸 한둘쯤은 제압할 정도의 실력은 충분히 된다.

문제는 포위.

사방에서 달려드는 직졸들을 막아낼 자신은 없었다.

'앞에 셋.'

그나마 여기가 제일 적다.

좌우는 각각 다섯 이상. 뒤로는 아까 자신을 알아봤던 육포 주인이 다가오고 있었다. 그쪽은 한 명이지만, 조현승은 알 수 있었다. 자신이 감당할 수 있는 자가 아니라는 것을. 분명 동창 내에서도 수위에 드는 실력자일 것이고, 직급도 결코 낮지 않을 것이다. 그래서 선택한 게 전방의 셋.

'최대한 빠르게!'

요동치는 심장을 억지로 눌러 내리며, 최대한 흥분하지 않으려 애썼다. 이런 상황에서 흥분은 십 중 팔구 할은 독으로 작용한다고 훈련생들에게 그렇게 강조했었으니까.

쉭.

신장이 머리 하나 작은 사내가 갑자기 중지 길이의 꼬챙이를 복부로 찔러 넣었다. 툭! 손목을 바로 잡아 비튼 다음 어깨로 얼굴을 후려치자 고개가 훅 들렸고, 상체에 빠르게 반동을 준 다음 손바닥으로 턱을 쳐올렸다.

우둑!

일격, 뒤로 발라당 넘어가는 사내를 넘어서는 조현승. 쉭! 그가 좀 전에 있던 자리를 손바닥 길이의 단도가 찢고 지나갔다.

조금만 늦었어도 등이 길게 찢어졌을 거다. 식은땀이 주룩, 귀밑으로 흘렀지만 그걸 느낄 새가 없었다. 어느새 앞을 막아선 사내. 등에 나무를 잔뜩 멘 사내의 손에는 아주 짧은 손도끼가 쥐어져 있었다. 장작을 팰 때 쓰는 도끼라 하기에는 너무 작다.

게다가 도끼날의 푸르스름한 빛깔 속에 미약하지만 붉은 기가 물들어 있었다. 다른 이들은 잘 모르겠지만, 조현승은 안다.

저게 피라는 걸.

수없이 오랫동안 묻어 있던 피가 도끼를 다시 손볼 때 스며들었다는 것을.

따라서 이놈은 동창에도 극소수 존재하는 직졸 집단 중 하나다. 공작, 납치 말고 전투를 전문적으로 맡아 하는.

'으음…….'

앞을 막아섰는데, 아주 단단하다. 아주 커다란 장벽이 막아선 기분이 들었다. 절대 비켜줄 마음도 없어 보였고, 전투로 이기는 것도 힘들었다. 그렇다고 이 많은 인파 속에서 피하는 것도 쉽지 않아 보였고.

하지만 선택지는 어차피 하나다.

돌파.

못 도망치면… 다 죽는 거다.

자신은 물론, 아내와 아이들까지.

'그것만큼은…….'

용납할 수 없지만,

"조현승, 적당히 하자. 응?"

바로 등 뒤에서 들려온 뱀처럼 차갑고 소름 끼치는 소리에 조현승은 이번만큼은 하늘이 자신의 편이 아님을 알 수 있었다.

하지만…

"지랄하네. 너나 그만하지?"

들려온 또 다른 낯선 소리에 조현승은 물론 동창 직졸들의 시선이 일제히 소리의 진원지로 돌아갔다. 그곳엔 긴 머리를 질끈 묶은, 날렵하게 생긴 사내가 손에 두 자루의 단도를 쥐고 서 있었다.

조현승에게는 천운이라 할 수 있는, 마도 진조휘의 등장이었다.

이틀째 답답한 상황이다.

조휘는 추정이란 단어만 가득한 서신을 받은 뒤, 아침에 눈을 뜨고도 개운함은커녕 답답한 심정만 가득 느끼고 있었다. 당연히 그 답답한 감정을 유발시킨 이는 조현승이었다. 도대체 어디에 있는 건지, 죽은 건지 산 건지, 잡힌 건지 안 붙잡혔는지, 광주에 들어왔는지 안 들어왔는지 아무것도 확정된 게 없어서 아주 속이 터질 지경이었다.

뭘 알아야 작전을 계속하건 후퇴를 하건 둘 중 하나를 선택할 텐데 지금은 아무런 선택도 할 수가 없었다.

그런 답답함 때문에 아침도 겨우 먹은 조휘는 공터로 나가 한바탕 몸을 풀고 나서야 좀 숨통이 트이는 것 같았다.

천으로 땀을 닦으며 안으로 들어왔더니 일 층에서는 은여령과 이화가 조용히 앉아 차를 즐기고 있었다.

둘은 요즘 들어 부쩍 말수가 줄었다. 아니, 이화만 줄었다고 하는 게 맞았다. 원래는 조잘조잘 말이 좀 많은 편이라 잠이랑 수다도 잘 떨었는데 조휘가 답답해하니 그 분위기를 맞춰 주고 있는 것 같았다. 미안하면서도 고마운 배려였다.

"끝났어요? 와서 차나 한잔해요."

이화가 조휘를 보고는 손짓하며 말했다. 원래대로라면 호통처럼 한잔해요! 했을 텐데 손짓과 함께 조용히 불러준다. 이 또한 배려. 고개를 끄덕인 조휘는 두 사람이 있는 자리로 가서 앉았다.

쪼르르.

미리 준비해 놨는지 앞에 있던 잔에 바로 차를 따라주는 은여령.

차향이 나쁘지 않았다.

하지만 즐기는 방법을 모르니 그냥 호호 불어 마시는 조휘. 다도의 예절 같은 건 배운 적도 없고, 배우고 싶지도 않았다. 마찬가지로 남들의 이목도 별로 안 따지는 조휘는 차는 그냥 이렇게 마시면 된다 싶었다.

"이렇게 계속 대기하나요?"

조휘가 차를 반 정도 마시자 은여령이 물어왔다.

"우리끼리 뭘 어떻게 할 방법이 없으니까. 이 많은 인파를 뒤지며 조현승을 찾는 것도 현실적으로 무리고."

"그건 그렇지만… 뭔가 허무하네요. 그렇게 열심히 뛰어다녔다는데."

"맞아요. 아, 말을 하도 타서 골반이 아주… 뒤틀릴 지경이라고요. 나 말 좋아하는데 지금은 아주 꼴도 보기 싫어요."

조휘의 말에 은여령과 이화가 거의 동시에 대답을 했는데, 조휘도 아주 동감하는 말이었다. 조휘도 근 이 주 내내 말을 탔더니만 골반과 엉덩이가 잔뜩 굳어버려 쥐가 날 지경이었다.

말이라면 한동안 정말 쳐다보기도 싫을 정도였다.

그만큼 아쉬운 것이다.

어째 느낌이, 조현승을 놓친 것 같아서. 잠의 감은 이곳이라 말한다고 하니 마지막 희망의 끈은 놓지 않았지만, 그래도 조휘는 거의 반 이상 포기한 상태였다. 그래서 며칠 내로 조현승을 찾지 못하면 그냥 해남도 삼아의 오 함대 본부로 이동할 생각이었다. 어쩔 수 없었다. 이렇게까지 했는데도 못 찾았는데, 여기서 더 죽치고 있는 건 솔직히 말해 시간 낭비였다.

"그렇게 말해도 지금 당장 할 수 있는 건 기다리는 것밖에 없어. 기다리다가 아무런 연락도 안 오면 귀환하는 거고, 그 안에 연락이 오면… 그동안의 회포를 푸는 거고."

"결국 오홍련의 정보망을 믿는 것밖엔 할 게 없다는 소리네요."

"독자적인 정보 세력이 없으니까. 그렇다고 우리가 이곳저곳 쑤시고 다니면 괜히 동창에게 경각심만 심어주게 될 거야."

"그렇겠죠. 후우."

결국 은여령도 답답한 신음을 흘렸다.

지금 조휘가 선택한 방법은 광주 성내에서 움직이는 동창을 주시하는 것이다. 놈들의 움직임으로 조현승을 찾아내는 것. 그게 조휘가 생각한 마지막 방법이었다. 그래서 지금 광주 오홍련 지부는 동창의 움직임을 주시하는 데 총력을 기울이는 상태다. 물론 들키지 않을 거란 생각은 안 한다.

오홍련과 동창, 아니 황실은 서로 으르렁거리는 정도를 넘어선 대치 상태이니까.

광주로 오면서 벌써 조휘가 동창 몇 놈을 조졌고, 산동성에서도 이영을 잡으며 서창을 조졌다.

이제 오홍련과 황실은 한 하늘을 이고 살 수는 없는 상태가 된 것이다. 전면전만 안 벌어졌지, 산발적 전투는 벌어지는 전쟁 상태인 것이다. 그러니 서로가 서로를 아주 날카로운 눈으로 주시하는 상황이고, 감쪽같은 감시 또한 꿈도 꾸지 말아야 했다.

"어쨌든 며칠 내로 결정이 날 거야. 그때까지는 답답하고 힘들어도 좀 참아."

"네, 알겠……."

은여령이 대답하다 말고 문을 바라봤다. 조휘의 시선도, 이화의 시선도 덩달아 그녀를 따라갔다. 문으로 빠르게 다가서는 인기척이 서서히 느껴졌다. 적은 아니다. 아주 익숙한 기척이었으니까.

벌컥!

하늘은 조휘를 오래 기다리게 할 생각은 없어 보였다.

문을 열고 들어온 위지룡. 다급하지만, 짙은 생기를 머금고 있었다.

"움직였습니다."

빠르게 다가와 용건부터 바로 꺼내는 위지룡을 보는 조휘의 눈동자에도 바로 생기가 돌기 시작하더니, 뒤이어 예리함까지 담기기 시작했다.

"말해 봐."

"금위형천호. 거물이 움직였습니다."

"금위… 형천호? 종삼품 관직의 그 금위형천호?"

"네. 이곳 광동성 최고의 책임자입니다. 그가 직접 움직였습니다."

"용케도 잡고 있었네?"

"그 정도 되는 위험한 자들은 오홍련에서 전부 파악하고 있답니다. 요주의 인물이니까요. 어쨌든 놈이 좀 전에 움직였습니다. 부하들까지 전부 데리고요."

"어디로?"

"시전 쪽입니다."

"그래……. 그 정도 되는 놈이 움직였으면 당연히 조현승을 찾았다는 거겠지?"

"그것 말고 그런 거물을 움직이게 할 수 있는 게 또 있겠습니까?"

"그렇지. 그것밖에 없지."

조휘는 말을 끝맺고 은여령과 이화를 바라봤다. 두 사람 다 거의 동시에 고개를 끄덕이고는 무장을 다시 한 번 점검했다.

은여령이야 검 한 자루가 다지만, 이화는 몸에 이것저것 제법 매달고 다녔다.

"은여령은 나랑 같이 가고, 이화는 잠을 찾아서 바로 시전 거리로 와 위지룡이랑 자리 잡고 저격 준비해."

"네."

"넵! 대주!"

은여령은 고개만 끄덕이며 가벼운 대답을, 이화는 생기가 가득 담긴 대답을 남기고는 바로 튀어나갔다. 그 작은 몸이 어찌나 빠른지, 벌써 문밖으로 나가버렸다. 물론 그 이후, 조휘의 몸도 튕기듯이 객잔 밖으로 쏘아졌다.

* * *

그렇게 조휘는 지금의 대치 상황까지 단숨에 만들어냈다.

"호오, 이게 누구신가. 역도 오홍련의 무리가 아니신가?"

조휘의 등장에 우광이 한 말이었다. 그 말에 조휘의 입가에 옅은 살심이 스쳐 지나갔다. 역도란 말에 살심이 스쳐 지나간 건 아니었다.

이놈은 딱 봐도 보통 동창의 직졸들과는 달랐다. 쇠나 나무 같은 걸로 만든 기계 같은 인성을 가진 게 아닌, 딱 봐도 인간의 인성이다. 대놓고 저렇게 비릿한 웃음을 짓고 있는 것만 봐도 확실히 달랐다.

역도?

오홍련이 역도로 불리건, 반군이라 불리건 솔직히 조휘는 상관없었다.

첫 번째, 적무영의 목만 따면 되고, 두 번째, 연 백호의 복수만 끝내면 된다. 그럼 조휘는 더 이상 바랄 게 없었다.

그 두 가지만 이루면 심산유곡에 처박혀 조용히 살라고 해도 기꺼이 그래 줄 수 있었다. 그러니 저놈이 모욕적인 언사를 내뱉건 말건 조휘의 정신에는 아무런 영향도 끼치지 못했다.

"헛소리 집어치우고, 그자나 넘겨."

"가관이군, 아주 가관이야. 하하! 내가, 우리가 누군지나 알고 그런 소리를 하는 건가?"

"우광, 동창의 금위형천호."

"허……."

"아닌가?"

"아니, 맞아. 하하! 이거야, 원. 극비인 내 정보를 알고 있다고? 위치는 물론 직급과 이름까지? 역시 대단해. 과연 역도 오홍련의 정보력이야. 크큭!"

우광의 웃음소리에 싸늘하게 굳은 장내는 더더욱 얼어붙었다. 이미 조휘가 등장하면서 일반 백성들은 분위기가 살벌하게 변한 걸 알아차려 모두 도망치고 없었다. 그 잠깐 동안 시전 거리 중앙 사거리는 거의 텅텅 비었다. 좌판을 열었던 이들이나, 점포를 열었던 이들도 모두 서둘러 문을 닫고 있었다.

괜히 휩싸이기 싫었던 것이다.

오홍련이 민간 백성에 피해를 안 주는 건 알고 있지만, 불똥은 언제 어떻게, 어디까지 터질지 그 누구도 모른다는 걸 상인들은 잘 알고 있었다. 그래서 죄다 도망쳤다. 물론 조휘는 이런 상황이 마음에 들었다.

조휘도 일반인들에게 피해를 주고픈 마음은 없었으니까.

"어떻게 찾아왔지?"

"주시하고 있었지."

"하, 감시당했다고? 천하의 동창이 감시당했다고?"

"왜 이래. 니들도 하고 있잖아?"

"하고 있긴 하지. 그런데 나까지 잡고 있을 줄은 몰랐지. 역시 역모를 꿈꿀 만한 집단다워. 정보력이 보통이 아니야, 보통이. 하하. 이건 우리 대명의 동창도 배워야겠는걸?"

"시답잖은 소린 그만 집어치우고, 조현승이나 넘겨."

"왜 이러시나. 역시 못 배워서 그런지 상도의도 없나? 내가 잡았잖아? 이놈은 내 거라고? 내 진급의 제물이라고! 어디서 개수작이야!"

진급의 제물이라.

뭐, 그럴 수도 있었다.

조현승이 어떤 잘못을 해서, 어떤 누명을 썼는지는 직접 듣지 않아 모르지만 이 정도로 악착같이 찾는 걸 보니 결코 가볍지는 않을 거다. 물론, 누명이. 그러니 특진도 가능할 거다. 하지만 조휘는 솔직히 그건 궁금하지 않았다.

이 자리에 있는 이유는 조현승, 저자 하나 때문이다. 그리고 부수적으로… 저놈, 동창의 금위형천호, 광동성의 책임자. 이놈에게도 볼일이 생겼다. 지금 바로 떠오른 볼일이었다.

"누구 명령이었지?"

"누구? 뭐, 당연히 황제 폐하 아니겠나? 하하!"

"아니, 그자 말고. 연 백호."

뜬금없이 들어간 질문에 우광은 잠깐 고개를 갸웃거렸다. 조휘의 말뜻을 바로 이해하지 못한 것이다. 조현승도 중요하다. 하지만 이 상황은 연 백호의 복수에 대한 가닥도 잡을 수 있는 상황이었다.

이렇게 좋은 기회를 놓칠 조휘가 아니었다.

"아아, 뢰주 군영?"

"……."

뢰주 군영.

저 단어가 나왔다.

그건 곧 연 백호를 확실히 알고 있다는 뜻이었다.

"글쎄, 어떤 분이 시킨 걸까? 나 같은 말단은 잘 모르겠네?"

"곱게 죽고 싶으면 말하는 게 좋을 텐데."

"어이, 어이, 난 지금 이자를 잡고 있다고?"

으윽…….

우광이 조현승의 옆구리에 비수를 쭉 찔러 넣었다. 이미 제압당한 조현승은 나직한 신음만 흘릴 뿐, 어떤 반항도 하지 못했다. 칼끝 열댓 개가 머리부터 시작해 발끝까지, 몸 전체에서 대기 중이다. 조금이라도 반항하는 순간 온몸이 난도질당할 거라는 걸 아니 움직이는 건 정말 꿈도 못 꾸는 상황이었다.

그걸 보는 조휘는, 그냥 웃겼다.

"지랄한다. 어차피 생포가 목적이잖아?"

"아닌데? 제거가 목적인데?"

"아니지, 그럴 리가 없지. 그럴 거였으면 나랑 이러고 있을 이유가 없지. 죽이는 게 목적이면 내가 왔을 때 바로 죽이고 떴어야지. 동창이 이렇게 질질 시간을 끈다는 건 갓 태어난 아가들도 안 믿을걸?"

"이야……."

우광이 나직하게 감탄사를 흘렸다.

조휘는 놈의 행동에서 알 수 있었다.

저놈, 저거, 지금 시간을 끌고 있었다. 현재는 조휘의 일행과 오홍련 지부가 나서서 놈들을 시전 중앙 사거리에서 포위 중인 상황이다. 원형으로 포위하고, 모두 홍뢰를 대놓고 겨누고 있었다.

조금이라도 허튼짓을 하는 순간, 아주 근거리에서 발사된 홍뢰에 온몸에 구멍이 송송 뚫릴 거다.

"역시 날카로워. 마도 진조휘?"

"나를 아네?"

"그럼, 요상하게 생겨먹은 단도 두 자루에, 등에 맨 왜도 한 자루. 마도의 전형적인 특징인데 모를 리가 있나. 그리고 너, 요주의 인물이라고. 우리 쪽에서도 아주 특별히 관리하는 놈들 중 하나야. 급수는 음… 말해줄 수 없겠네. 큭!"

"특별 취급이라, 그거 고맙군. 그 건은 그렇다 치고, 혹시나 해서 말해주는데 관군을 기다리는 거면 포기해. 알고 있겠지만, 광동성 도지휘사가 이 제독의 사람이라는 건 동네 애들도 아는 얘기야."

도지휘사(都指揮使).

오군도독부의 명령을 받는 성의 군정 기관이다. 하지만 그거야 옛날이나 명령받고 그랬지 만력제가 즉위하고 나서부터는 그냥 개판이다. 다들 밥그릇 지키고, 뺏기 바쁜 상황이기 때문이다. 물론 명령이야 내려오면 무시 자체는 힘들지만, 시간 끄는 거야 얼마든지 가능하다.

"그럼 나 지금… 지랄 같은 상황에 빠진 거야? 큭큭!"

"……."

싸한… 뭔가가 정수리부터 시작해 뒷골을 지나 등골을 타고 흘렀다. 그 직후 전장에서 단련되고 발달한 그의 감각이, 경고 신호를 보내기 시작했다. 그 신호를 받아들여 고개를 비트는 순간…….

'위험…….'

찌릿!

타앙……!

고요를 찢어발기는 한 발의 총성.

이어 조휘의 고개가 뒤집히며 피가 훅 튀어 올랐다.

놈이 믿고 있던 한 수.

저격수였다.

제59장

금의형천호 우광

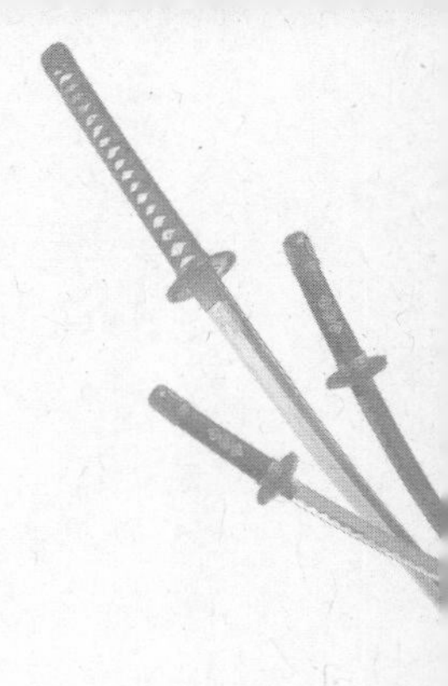

푹!

"억……."

그리고 바로 뒤 뭔가가 꽂히는 소리와 신음 소리가 바람결을 타고 와 들렸다.

쿵! 쿠궁!

조휘의 정면 건물에서 시꺼먼 뭔가가 바닥에 떨어지며 점포 앞에 있던 마루를 박살 냈다. 목 쪽에 처박힌 화살 한 대.

위지룡이 쓰는 조선 각궁 전용 짧은 애기 살이었다.

"이런……."

우광이 안타깝다는 탄성을 흘렸다. 어느새 조휘가 일어나고 있었기 때문이다.

탄은 조휘에게 직격하지 못했다. 순간 고개를 돌렸고, 그래서 이마 옆으로 빗겨 지나갔다. 피가 튄 건 근거리로 탄이 지나가며 생긴 풍압에 살이 찢겨 나갔기 때문이다.

"이 정도로는 안 죽을 줄 알았는데, 설마 부상도 못 입힐 줄은 몰랐군."

"장난질 잘 봤다."

대답과 동시에 조휘는 우광을 향해 고개를 까닥거렸다.

퉁.

푹!

"크……!"

우광의 어깨를 뚫고 화살촉이 삐쭉 튀어나왔다. 신호와 동시에 위지룡이 저격이 날아든 것이다. 우광은 휘청이는 상체를 바로잡고는 오른쪽 어깨로 뚫고 나온 촉을 가만히 바라봤다.

"하……."

고통이 장난 아닐 텐데도 우광은 오히려 감탄사를 내뱉었다. 뚝. 촉을 분지르니 뒤에 있던 직졸이 화살대를 뒤에서 잡아 뽑았다. 그 일련의 행동은 자연스러웠다. 조휘도 굳이 제지하지 않았다.

이번 건 보복이다.

자신의 대가리를 노렸는데도 어깨를 노린 건 아직 조현승이 잡혀 있었기 때문이다. 이곳, 광동성 전체의 책임자는 우광이다. 대화는 그와 해야 하고, 조현승의 목숨도 아직까지는 저놈에게 저당 잡혀 있었다.

그러니 우광을 죽였을 시, 직졸들이 어떻게 나올지 알 수 없었기 때문이다. 그러니 그나마 대화가 통하는 우광을 아직은 살려둔 것이다.

"장난질 한 번 더 해 봐. 이번에는 땅바닥을 기게 해주지."

"크으……."

우광은 마치 감동했다는 듯이 감탄을 흘렸다. 이놈도 역시나 이상했다. 어떻게 된 게 만나는 놈들마다 제정신인 게 하나도 없었다.

모리휘원도 그렇고, 이놈도 그렇고. 솔직히 말해 이화매도 정상은 아니었다. 물론 자신도 마찬가지고, 적무영은 말할 것도 없었다. 자신의 주변으로 미친놈들이 우르르 몰려드는 착각이 들 정도였다.

"어차피 더 이상 시간을 끌어봐야 상황이 좋아지진 않아. 출세? 좋지. 근데 그게 목숨보다 중요한가?"

"꼭 내가 여기서 죽을 거라 확신하는군?"

"그럼 살 수 있을 것 같냐?"

"그럼? 큭큭! 나 우광이야!"

놈이 가슴을 펴고 외치자마자 조휘의 신호가 다시 이어졌다. 퉁. 짧은 시위 소리와 함께 이번엔 다른 각도에서 저격이 이어졌다.

푹! 소리를 내면서 우광의 뒤에 있던 직졸의 심장에 화살이 박혀 들었다.

비명도 지르지 못한 채 자신의 가슴을 보던 직졸이 풀썩 쓰러졌다. 분명 조휘가 고갯짓으로 신호를 줄 때 경각심을 끌어올렸는데도 저격에 당했다. 이건 직졸들의 반응속도를 위지룡의 저격이 넘어선다는 소리였다.

그 이유는 작년에 길주성 전투를 끝내고 명으로 넘어올 때, 대호 이성택 장군이 선물로 개량 조선 각궁을 줬기 때문이다.

총 열 개를 받았는데 아홉 개는 그냥 보관 중이고, 하나만 위지룡이 사용하고 있었다. 덕분에 위지룡의 저격은 정말 빛살보다 빨랐다. 곡사로 쏴도 사거리가 어마어마하고, 근거리서 직사로 노리면 그 속도가 가히 빛을 연상시킬 정도로 빨랐다. 못해도 공작대 조장급 정도는 되어야 눈으로, 감으로 인지하고 피할 수 있을 정도였다.

그러니 그걸 직졸 따위가 피할 능력이 있을 리가 없었다. 있었다면 직졸이 아니었을 것이다. 현장이 아닌 서류를 들추며 태감에게 명령을 받고 전달하는, 그런 지위에 있었을 것이다.

"이래도 내 말이 우습나? 다음에 니 심장이 될지, 니 뒤에 있는 놈의 대가리가 날아갈지 아무도 모르는데?"

"……."

우광은 입을 다물었지만 번들거리는 눈빛은 여전했다. 직졸 서른가량이 몰려 있고, 조휘는 오홍련 광주 지부의 무사들을 전부 끌고 왔다. 그 수는 넓게 직졸들을 포위하고도 남았다. 도망칠 구석은 그 어디에도 없었다. 하지만 우광은 아직도 버티고 있었다. 눈빛을 보니 조현승을 풀어줄 생각이 아직은 없어 보였다.

죽을지도 모르는데 버틴다?

조현승이 그렇게 출세에 도움이 된다고 하더라도 목숨과 바꿀만한 가치는 분명히 없었다. 그러니 참으로 이해가 안 가는 족속들이었다. 개인의 사정? 궁금하지도 않았다.

"결국 버티시겠다, 이거지? 어디 해보자고."

슥.

조휘가 다시 손을 들었다.

그러자 직졸들 몇몇이 움찔거리는 게 눈에 보였다.

"니들 상관을 탓해라."

퉁……!

조휘의 말이 끝나자마자 공터를 울리는 둔중한 활시위 소리.

쇄애애액! 퍽……!

직졸 하나가 뒤통수로 날아든 위지룡의 저격에 반응도 하지 못하고 앞으로 고꾸라졌다. 얼마나 셌는지 몸이 앞으로 훅 처박힐 정도였다. 이번엔 화살이 달랐다. 좀 전에 쓰던 것보다 좀 더 두껍고, 길고, 촉도 컸다.

파괴력을 우선시한 저격이었다.

이것도 무력시위였다. 아니, 이미 목숨을 날려버렸으니 시위라고 할 수도 없었다. 벌써 둘이나 죽었다. 바닥에 처박힌 수하를 보는 우광의 입술이 실룩거렸다.

"계속 버텨봐. 어디까지 가나 나도 궁금하네."

"큭, 크흐!"

"아직도 웃음이 나와?"

슥.

조휘의 손이 또 올라갔다. 그러자 직졸들 전체가 자세를 낮추고 사방을 경계했다. 육안으로 파악도 안 되는 속도로 날아드는 위지룡의 저격을 막기 위함이지만, 소용없었다. 단천성에서 보여주던 무지막지한 개량형 조선 각궁을 사용한 위지룡의 저격은 진짜 재앙이었다.

퉁……!

퍽……!

직졸 하나의 대가리가 뒤로 훅 젖혀졌다. 막고 자시고 할 것도 없이 진짜 눈앞에 번쩍하고 나타나는 저격을 막을 수 있는 방법은 사실 거의 없었다. 반사 신경이 좋을 수밖에 없는 동창의 직졸들도 완전 속수무책이었다.

하나가 더 쓰러지자,

"어디 더 해 봐."

조휘가 또 손을 들어 올리려 하자 우광은 조현승의 목에 대어져 있던 칼을 치우고, 앞으로 밀었다. 갑작스러운 행동이었다. 조휘도 잠깐 정신이 나갔을 정도다. 은여령이 먼저 정신을 차리고 천천히 나섰다. 처저적! 그런 은여령의 옆으로 공작대원들이 따라붙었다. 은여령이 재빠르게 조현승의 몸을 탐색하고는 뒤로 당겨 보호했다.

우광, 역시 그도 출세보다는 목숨을 선택했다.

그리고 사실 이게 진짜 최선의 선택이었다. 하지만 그런 최선의 선택을 했는데도 표정은 진짜 떫은 감을 씹은 것처럼 일그러져 있었다. 당연한 일이다.

"마도."

"왜."

"언제고 뒤통수 조심해라."

피식.

같잖은 소리였다.

"너나 조심해. 그리고 꼭꼭 숨어라. 조만간 널 찾을 일이 있을 것 같으니까."

연 백호의 일은 아직 마무리가 안 됐다. 그러니 일단 얼굴을 익힌 우광, 이놈은 조만간 찾아볼 생각이었다.

지금 왜 안 하냐고? 조휘는 안다. 저놈들… 품속에 뭔가 숨기고 있었다. 그게 총이 됐든, 진천뢰가 됐든 자꾸 신경을 자극하는 불길한 느낌이 들었다. 만약 조휘가 여기서 끝장을 보려고 했다면?

놈은 분명 품속에 숨긴 뭔가를 꺼냈을 것이다. 그럼 쌍방이 빗발치는 화살과 암기의 비를 날릴 거고, 피해는 아주 단시간에 우르르 쌓일 거다.

목적은 조현승이다.

그의 신변을 양도받았으면, 이쯤에서 타협을 보는 게 옳은 선택이었다.

"보내줘."

조휘의 말에 반대편에 있던 장산이 길을 열었다. 그러자 조휘를 다시 한 번 노려보고는 우광은 몸을 돌렸다. 돌아서는 놈의 옆구리 쪽 의복 사이로 새끼줄이 보였다. 얇게 꼬아 만든 줄은 조휘의 생각에 확신을 심어줬다.

분명 품에 뭔가 숨기고 있었다.

최후의 한 방, 혹은 동귀어진의 수로 가지고 있던 비장의 무기. 저격 말고도 준비한 게 더 있었다는 거다.

동창과의 날선 대치는 그렇게 깔끔히 마무리가 됐다. 물론, 이걸로 완전히 끝은 아니었다. 이후, 더욱더 짙은 피비린내 나는 싸움이 기다리고 있다는 걸 조휘는 멀어져 가는 우광의 등을 보며 알 수 있었다.

*　*　*

조휘는 조현승의 가족과 합류한 뒤 바로 광주를 떴다. 목적지는 해남도의 삼아. 오 함대의 본거지였다. 도착했을 때는 자정이 다 되어갈 때쯤이었다. 배를 정박하고 내리니 미리 초계함에서 연락을 받았는지 원릉이 마중을 나와 있었다.

"고생했습니다, 진 대주."

"아닙니다, 운이 좋았습니다."

"하하, 운이라니요. 오홍련의 정보대와 비선까지 동원했는데도 힘들었다고 들었습니다. 진 대주의 능력이 좋은 거지요."

이렇게까지 말하니 또 계속 아니라고 부정하기도 뭐해서 그냥 고개를 숙여 감사를 받은 조휘는 뒤를 돌아봤다. 조현승과 그의 가족이 공작대의 호위를 받으며 서 있었다. 슬쩍 길을 여니 원릉이 조현승의 앞으로 다가갔다.

"……."

"……."

한참을 서로 마주보고 서 있는 걸 보니 조휘는 두 사람이 서로 아는 사이가 아닌 게 아닐까 싶었다. 그 이전에 대화를 할 땐 아는 척을 안 했었다. 마치 타인처럼 그를 언급했었는데 지금 보니 그게 아니었다.

"어찌, 나라는 좀 바꾸셨습니까?"

"…원륭, 그래, 오홍련 오 함대의 제독이 너였지."

"네, 제가 이곳, 광동성을 책임지고 있습니다. 근데 제 질문에 대답 안 하셨습니다. 나라는 좀 바꾸셨습니까?"

"……."

원륭의 조용하지만, 새파랗게 날이 선 말에 조현승은 대답하지 못했다. 원륭의 어조에는 조휘도 익히 알고 있는 감정이 들어 있었다.

그건 분노였다.

"왜 대답을 하지 못하십니까?"

"……."

"그럼요. 그렇겠지요. 대답을 할 수가 있겠습니까. 당신이 나에게 했던 다짐, 약속, 그 어느 것 하나 지키지 못했는데."

"미안하다, 원륭."

"아닙니다. 그런 소리를 들으려고 제가 지금 이러는 게 아닙니다."

"……."

"뭔 말을 하겠습니까. 말을 한들 그게 무슨 소용이 있겠습니까. 쉬다가 가십시오. 아, 분명히 말씀드리지만 총 제독님은 만나고 가십시오. 만약 또 발을 뺀다면… 제가 세상 끝까지 쫓아가서 오홍련에 진 구명의 빚을 친히 거두겠습니다."

"알겠다."

"그럼."

원륭은 그 말을 끝으로 미련 없이 등을 돌렸다. 그의 얼굴은 전에 없이 딱딱하게 굳어 있었다. 둘 사이에 무슨 일이 있었는지는 조휘도 모른다.

있었다고 해도 호기심이 이는 정도였고, 굳이 원룡에게 물어서 내용까지 전부 알아내고 싶진 않았다. 그러기에는 조휘의 지금 관심사가 완전히 다른 곳에 있었다.

장응서.

“이쪽으로.”

“네.”

원룡의 따라 걷는 조휘. 그는 예전에 자신의 집무실 바로 옆 창고에 들어갔다. 곳곳에 횃불을 걸어놔 창고 안은 밝았다. 중앙에 쇠기둥이 박혀 있었고, 거기에 봉두난발의 사내 하나가 묶여 있었다.

장응서였다.

인기척이 들려 고개를 든 그는 원룡을 보자마자 바로 얼굴을 굳히고 몸을 떨기 시작했다. 사, 살려 주십…….

텁.

잽싸게 입을 틀어막은 조휘가 속삭였다.

“빌지 마. 나랑은 이제 시작이잖아……?”

“…….”

“기대해도 좋을 거야…….”

히죽.

찬란할 정도로 빛나는 조휘의 미소에 장응서의 눈빛은 폭풍을 만난 조각배처럼 흔들리기 시작했다.

일주일간이나 지속된 지독한 고문.

조휘는 주로 묻기만 했고, 실제 고문은 장산과 위지룡이 번갈아 가면서 했다. 장산은 주로 놈의 뼈마디, 관절을 비틀었고, 위지룡은 예전 조휘가 했던 것처럼 소도로 놈의 살을 떴다. 그리고 조휘는 그걸 눈 한 번 깜빡하지도 않고 지켜봤다. 그러면서 중간중간 물었다. 왜 그랬냐고, 왜 그들을 사지로 밀어 넣었냐고. 그들이 대체 무슨 죄가 있냐고.

물론 이 질문은 장응서가 처음에 잡힐 때 전부 대답한 것들이었다. 그건 조휘도 알고 있었지만 일부러 그랬다.

원룡이 분명 자신에게 필요한 것들까지 싹 자백을 받아냈을 테지만 그건 성에 안 찬다. 그래서 아예 처음부터 받아내는 거다.

본인 스스로도 다시 정리를 할 겸 해서 말이다.

덕분에 또다시 죽어나가는 장응서였지만, 조휘는 신경도 안 썼다. 이런 놈들의 사정까지 봐줄 정도로 조휘가 착한 인간은 아니었다.

일주일에서 하루가 더 지난 무렵, 장응서의 정신이 더 이상 버티지 못하고 박살 났다. 침을 줄줄 흘리고, 눈동자는 탁하기 그지없었다. 혼백이 빠져나간 것처럼 텅텅 비었다. 그만큼 조휘, 장산, 위지룡이 가한 고문이 지독했다.

말로 설명 못 할… 그들이 타격대에서 보고 배운 전부를 아낌없이 장응서의 몸에 퍼부었다. 물론 놈의 정신이 박살 났을 때쯤에는 얻고 싶은 건 모조리 얻은 다음이었고, 완전히 이지를 상실했다고 판단했을 때가 됐는데도 조휘는 놈을 죽이지 않았다. 쉽게 죽이는 것 자체가 놈이 바라는 것일 테니까.

정신은 빠져나갔어도 육체는 살아 있다.

죽고 싶겠지만, 힘들 거다.

결코 쉽게 죽일 생각은 없으니까.

그렇게 십 일째, 원릉이 조휘를 찾아왔다.

"총 제독에게 전갈이 왔습니다. 무기 교역을 끝내고 오겠답니다. 음… 대략 십 일 정도 더 걸릴 것 같습니다."

"십 일이라… 음."

십 일. 그 십 일이라는 말에 조휘는 잠깐 생각에 잠겼다. 짧다면 짧은 시간이지만 길다고 생각하면 또 긴 시간이기도 하다. 생각하는 차이에 따라 길고 짧고가 정해지는 좀 애매한 시간. 본래라면 좀 긴 쪽에 치우치겠지만, 조휘가 고민하는 이유가 우광의 납치라면 말이 좀 달라진다.

놈은 동창의 금의위천호(錦衣衛千戶)다.

이전에 감시당했다는 점 때문에 더욱더 깊이 숨어들 것이다. 작정하고 숨으면 제아무리 오홍련의 정보력과 비선이 같이 움직여도 놈의 위치를 찾아내기는 쉽지 않을 것이다.

어쩌면 조휘가 노릴지도 모른다는 생각에 아예 광동성을 떴을 수도 있었다.

'아니, 그 정도로 졸아서 도망칠 놈은 아니었어. 분명 어딘가 있겠지. 어딘가…….'

그런 놈은 분명 어딘가에 숨어서 조휘의 목을 노릴 거다. 원한은 잊지 않는 부류들. 조휘와 비슷하지만 다른 놈이다. 놈은 사기(邪氣)가 짙었다. 그게 조휘와는 다른 점이었다. 어쨌든 그런 놈이니 무서워서 머리카락 보일라 꽁꽁 숨지는 않을 것이다.

찾고자 하면 바로 찾을 수도 있겠지만, 조휘는 이번엔 움직이지 않기로 결정했다.

'움직일 거면 공작대 전체와 움직여야 돼. 현재 인원으로는 괜한 피해만 볼 수도 있어.'

열 명이서 움직이는 것과 충원된 오십이 움직이는 건 완전히 다르다. 가볍게 설명해서 정확한 정보가 있다 치고, 열이면 우광을 잡을 가능성이 꽤 높다고 할 수 있지만 오십이면? 확신할 수 있다.

반드시 잡을 수 있다고.

그래서 지금 당장 움직이지는 않기로 했다. 안 그래도 공작대의 인원 충원은 굉장히 어렵다. 확실하고 능력이 뛰어난 이들이나 겨우 들어올 수 있다.

각 함대당 몇만씩, 십만 이상의 선원을 보유한 오홍련에도 공작대에 추천할 만한 인재는 정말 손에 꼽을 정도로 극소수다. 애초에 오십 인으로 시작됐었다는 점을 생각하면 얼마나 엄격하게 뽑는지 알 수 있었다.

후릅.

차를 한 모금 마시고 내려놓자 원륭이 다시 입을 열었다.

"생각은 끝냈습니까?"

"네?"

"우광 말입니다."

"아아, 네."

그는 조휘가 잠시 침묵한 이유를 정확히 꿰뚫고 있었다. 몸을 쓰는 육체적 무력보다는 머리 쓰는 쪽에 특화된 원륭다웠다.

"지금 당장은 안 움직이려 합니다. 괜히 섣불리 덤벼들었다가 피해만 입고 물러날 수도 있으니까요."

"잘 생각했습니다. 우광의 위치는 다시 잡아 놓으라고 해놓을 테니, 작전 전에 저한테 먼저 연락해 주세요."

"네, 그렇게 하겠습니다. 조현승은 잘 있습니까?"

"그럼요. 편히 푹 쉬고 있습니다."

"관계를 알 수 있겠습니까? 보니까 상당히 가까웠던 사이 같던데."

"음……."

원륭은 작게 침음을 흘리고는 찻잔을 들었다. 김이 모락모락 나는 찻잔을 쓰다듬다가 다시 잔을 내려놓았다. 그 잠깐의 행동 사이에 원륭의 눈빛은 변해 있었다. 아련해졌다. 뭔가를 회상하는 그런 눈빛이었다.

"동문입니다."

"아아… 그렇습니까."

"강호의 식으로 말하자면 제 사형이 되겠지요. 그것도 장문 제자셨던 사형."

조현승.

원륭.

둘은 같은 곳에 적을 뒀던 모양이었다.

"하지만 한 스승님에게 배웠어도, 사형과 저는 많이 달랐습니다. 하필이면 가장 중요한 사상 자체가 달랐던 거지요. 사형은 썩어도 나의 나라요, 우리의 나라다, 라는 이념이 강했습니다. 하지만 저는 아니었습니다. 어쩔 수 없이 관직에 나가긴 했으나, 저는 이 나라에 가능성이 없다고 생각했습니다. 그건 현 만력제 이전부터 이미 느꼈던 일이지요. 기울어가는 나라, 망국이 다가온 나라. 제가 느낀 명(明)의 모습이었습니다. 사형에 대한 얘기는 들으셨지요?"

"네, 총 제독이 그렇게 권했어도 거절했다고 들었습니다."

"광주까지 왔어도, 가족을 그리 끔찍하게 생각했으면서도 오홍련에 찾아오지 않은 건 바로 그런 이유 때문입니다."

"……."

"그놈에 이념, 고집, 지긋지긋하지요."

이해가… 된다.

어떤 이념이나 사상이 강하면 그게 부러지고 곧 죽음이나 다름없는 상황이 찾아오게 된다. 만약 이화매가 소산에서 적운양을 넘기지 않았다면? 소산적가가 쓰레기라고 조휘가 전역하기 전 쓸어버렸다면?

장담하건대, 조휘의 목을 따도 이화매와는 함께하는 일은 없었을 것이다. 결단코 말이다. 조현승도 그런 부류였다.

나라의 안에서부터 치료해야 된다고 믿었고, 이화매의 제안도 거절했고, 이것들이 섞여 정신 한구석에서 강하게 작용해 역모의 누명을 뒤집어쓰고 쫓기는 와중에도 무의식이 작용해 오홍련에 도움을 요청하지 않게 만들었다.

"저야 뭐, 오홍련에 오게 된 일화는 유명하니까 굳이 설명은 필요 없겠지요."

"……."

그럼, 필요 없다.

포로를 일절 남기지 않기로 유명한 원륭이다. 그건 그가 오홍련에 들어선 뒤부터 지금까지 단 한 차례도 깨지지 않은 맹세였다.

"사형은 뛰어납니다. 저보다 더. 괜히 장문제자가 아니었습니다. 마지막엔 진무였었지만 원래는 책사, 군사가 훨씬 어울리는 사람입니다. 대규모, 소규모 전략에도 아주 능합니다. 지상전, 수상전 할 것 없이 전부 잘합니다. 진 대주가 타고난 전천후 무사라면, 사형도 타고난 전천후 전술가입니다. 총 제독이 사형을 굳이 찾으려고 한 것도 그걸 알아서입니다. 제가 사형이 역모를 뒤집어썼단 정보를 들었을 때 여태 말하지 않았던 정보를 상세히 적어 올렸거든요."

이번에도 원륭이 관계되어 있었다.

예전 조휘 본인의 일도 그렇고, 원륭은 조휘와 꽤나 잘 엮였다. 물론 이번 일은 그렇게 기분 나쁘지 않았다. 오홍련의 전력이 올라가면 조휘에게는 오히려 좋은 일이다. 특히 군사라면 더욱 그렇다.

"후, 이 얘기는 그만할까요? 오늘 뢰주 상단에서 보급품이 들어오는 날입니다. 제가 좀 바빠서 그런데 진 대주가 대신 나가주실 수 있을까요?"

바쁘다는 말은 거짓은 아닐 거다. 하지만 원륭 정도 되는 이가 자기 일을 남에게 맡길 사람은 아니다. 아마 서문영이 오니 나가보라는 걸 거다. 조휘는 고개를 끄덕이고는 자리를 털고 일어났다.

옛날 생각이 원륭에게 어떤 감정적인 상황에 빠지게 만든 것 같았다. 그에 대한 미안함도 분명 있으니 보급을 받는 건 자신이 해주기로 했다.

밖으로 나오니 공터에 은여령과 장산, 위지룡이 대련하는 모습이 보였다. 은여령은 서너 걸음밖에 안 되는 원을 그려 놓고 그 안에서만 움직이고 있었고, 장산과 위지룡이 합을 맞춰 그녀를 공격하고 있었다.

요즘 들어 두 사람 다 자주 은여령과 대련을 했다. 물론 결과야… 둘 다 기절하는 걸로 끝났다.

조휘도 몇 합만에 대놓고 기절시키는 은여령이다. 작정하고 달려들면 이건 뭐 막을 방법이 없었다. 내력을 이용한 순간 가속이라고 해야 하나? 십의 속도로 날아오던 게 갑자기 이십의 속도로 훅 날아오면 시청각 감각에 순간 혼선이 오고, 그대로 빡! 하고 기절이다.

빡……!

지금처럼.

은여령의 주먹을 피한다고 장산이 고개를 뒤로 젖혔는데, 그 짧은 틈에 디딤 축이 된 발을 좀 더 밀어 넣고 그대로 타격점을 강제로 늘렸다. 게다가 그 동작 자체가 내력을 이용한 가속이 붙어 있는 상태. 장산은 그냥 피했다! 하다가 턱이 돌아간 거나 다름없었다.

부웅 떠서 철퍼덕, 하고 땅바닥에 장산이 떨어지자 위지룡은 움직임을 멈췄다. 장산이 앞에서 버텨줘야 한다. 저격수인 그는 근접전은 젬병이었고, 은여령의 파고드는 속도를 피할 능력도 없었다.

발이 진짜 빠른 위지룡이지만, 몇 번이나 말했듯이 은여령은 내력을 사용하는 무인이다. 도망칠 수 있을 리가 없었다.

흩날리는 머리카락을 다시 단정하게 묶은 은여령이 다가왔다.

"대련 한번 할래요?"

"아니, 원릉 제독의 부탁으로 선착장에 갈 거야. 옷 갈아입고 와."

"네, 알겠어요."

그 말에 은여령은 군말 없이 조휘를 지나쳐 막사 안으로 들어갔다.

그녀가 들어가자 조휘의 눈에 위지룡이 기절한 장산의 뺨을 툭툭 치고 있는 게 보였다. 그러다 안 일어나니 물을 가져다 그냥 끼얹는 위지룡.

우악! 하고 일어나는 장산은 고개를 휙휙 돌려 사방을 살피더니, 턱을 매만지며 고개를 절레절레 저었다.

맷집도 타고난 장산이다. 은여령이 정교하게 후려쳤으니 그렇게 큰 부상은 아닐 거다.

잠시 뒤 은여령이 나오고 선착장으로 향하는 조휘. 잠시 기다리자 저 멀리, 오홍련의 기(旗)와 뢰주 상단의 기(旗)를 매단 상선 수십 척이 나타났다.

오홍련의 도움으로 그날 계약 이후 급속도로 세를 불린 뢰주 상단이다. 현재 광주 상단과 더불어 광동성 모든 상단 중 단연 큰 세를 자랑하고 있었다. 물론 갑자기 세를 불린 만큼 튼튼하진 않지만 그 부분은 어쩔 수 없는 노릇이다. 시간과 상단주의 역량이 해결해 줄 문제니까. 선두의 기함이 정박하고 다리가 연결되자 가장 앞서 내리는 여인.

서문영이었다.

그런데 근 한 달 만에 만난 서문영은 상당히 외형적으로 변해 있었다.

"얼굴이 왜 그렇습니까?"

"아, 이건… 에헤헤……."

오른쪽 볼을 가로지른 검상이 입술 끝에서 겨우 멈춰 있었다. 조휘는 가만히 서문영을 바라봤다. 난처하게 웃으며 고개를 피하려는 그녀에게서, 조휘는 짙은 슬픔을 느꼈다.

일단 보급품을 전부 검수한 다음 조휘는 서문영을 막사로 불렀다. 호위 셋, 황곽과 같이 온 서문영은 면사를 쓰고 있었다.

"하아."

그 모습이 이해가 안 가는 건 아니었다. 제아무리 무인의 길을 걷고, 강호에 적을 뒀다고는 하나 여인이라는 사실은 변하지 않았다.

사내들이야 얼굴에 길쭉한 검상 하나 들어가 있다고 큰 문제가 되지는 않지만 이제 겨우 스물이 된 서문영이라면 얘기가 한참 달라진다. 한참 민감할 나이고, 서문영의 경우 공을 들여 가꾸지는 않긴 해도, 그에 준하는 신경은 쓴다. 서문영은 은여령이 아니다.

아직 외적인 미(美)에서 벗어나지 못한다는 소리다.

아니, 아마 평생 힘들 거다.

서문영과 은여령은 살아온 방식, 길 자체가 아예 달랐으니까.

면사를 쓴 서문영이 조휘 앞에 앉았다.

"……."

"……."

두 사람 사이에 뭐라 설명하기 애매한 침묵이 흘렀다. 조휘의 옆에 앉아 있던 은여령, 장산과 위지룡도 눈치만 살필 뿐 먼저 대화를 시작하지 않았다. 셋 다 서문영의 속마음을 짐작해서였다.

예전부터 그랬다.

서문영은 조휘를 마음에 담아 두고 있었다. 애초에 그걸 모르는 게 이상한 일이다. 같이 있던 시간이 적을 뿐이지, 만나게 되면 항상 조휘를 찾고, 옆에 붙어 있으려 했다. 그런 서문영이 지금 얼굴에 검상이 길쭉하게 간 상태로 조휘를 만났다.

속이 과연 어떨까?

아마… 천 갈래로 찢어지고 있을지도 몰랐다.

그런 상황인데…….

"저희 부단주님께서 오늘 좀 피곤하십니다. 용건만 빨리 말씀해 주시지 않겠습니까?"

뒤에 있던 호위 한 놈이 개소리를 지껄였다. 조휘의 시선이 서문영의 얼굴에서 떨어져 호위에게 올라갔다. 안 그래도 기분이 더러운데, 눈치 없는 정도가 아니라 건방을 떨고 있었다. 뇌주 상단 부단주인 서문영의 호위를 맡으니 지가 뭔가 대단한 놈이라도 된 줄 아는 걸까? 아니면 객기인가?

그도 아니면 죽고 싶어 발악하는 걸까?

"장산, 위지룡."

"네."

"네."

드르륵.

장산과 위지룡이 조휘는 그냥 부르기만 했는데 나무 의자를 밀고 일어났다. 이심전심이라고, 지금 조휘가 원하는 걸 바로 파악한 것이다.

장산이 어슬렁거리면서 호위에게 다가가 어이, 하고 불렀다.

"너, 뭐냐?"

"뭐? 뭐 이런 거지 같은 새끼가……."

빡!

말이 끝나기도 전에 장산의 주먹이 호위의 턱을 올려쳤다. 몸이 붕 떠오르자 장산의 머리 위로 시꺼먼 그림자가 쭉 지나갔다.

빠각!

위지룡의 돌려차기였다. 붕 뜬 턱을 그대로 돌려버린 위지룡의 발차기 직후, 남은 호위 둘이 두어 걸음 물러섰다. 그러고는 한숨을 푹 내쉬었다.

"니들도 해볼래? 앙?"

장산의 질문에 호위 둘은 고개를 젓고는 기절한 놈의 목덜미를 잡아 질질 끌고 나갔다. 물론 한 사람은 남아 다시 서문영의 뒤로 와서 섰다. 좌우로 장산과 위지룡이 있는데도 서문영의 뒤를 지키는 걸 보고 나서야 둘은 만족한 듯 웃고는 다시 조휘의 옆으로 왔다.

"무슨 일이 있었습니까?"

"……."

조휘는 서문영을 보며 얼굴에 상처가 왜 난 건지 물었다. 그러나 서문영은 입을 꾹 다물고 있을 뿐, 대답은 하지 않았다.

조휘는 보채지 않았다. 가만히 그녀의 얼굴을 들여다봤다. 진한 면사로 가려졌기 때문에 표정은 제대로 보이지 않았다. 하지만 조휘는 어쩐지 알 것 같았다.

지금 서문영은 입술을 꾹 깨물고, 눈 끝에 매달린 눈물이 떨어지지 않게 참고 있지 않을까?

조휘의 생각은 정답이었다.

서문영은 탁자 밑으로 주먹을 꽉 쥐고는 눈물이 떨어지지 못하게 겨우겨우 참고 있었다. 솔직히 말하자면… 가장 보여주기 싫은 대상이었다. 조휘가 이곳에 있을 거라는 보고는 못 받았고, 멍하게 있다가 면사를 잊고 나오고 말았다. 상처는 아물었다. 질 좋은 외상약을 얼굴에 덕지덕지 발랐더니 일주일 만에 볼을 가로지른 검상은 아물었다.

하지만… 그 일주일간 잠도 못 자고 걱정했던 것처럼, 흉터가 남아버렸다. 미세하게, 길게, 하얗게 실뱀이 가로지른 것처럼 흉터가 남았다.

그녀는 흉터를 보고 나서 한동안 말을 못 이었다. 어쩌면 평생 갈 거고, 또 어쩌면 피부가 재생될 수도 있다는 말은 귀에 들어오지도 않았다.

흉터를 보고 가장 먼저 생각난 건 조휘였다. 뒤이어 그가 자신의 얼굴을 보고 난 뒤의 반응이 떠올랐다. 인상을 쓸까? 불쾌해할까? 걱정해 줄까?

오만 가지 상념이 그녀의 머릿속, 가슴속을 헤집었다. 아주 거세고, 악착같이. 하지만 서문영은 이겨냈다.

그날 저녁 문밖으로 나섰으며, 그동안 밀렸던 일을 진행했다. 이를 악물고 전부 다 처리하고 오늘 이렇게 오 함대에 전달할 보급품을 싣고 왔다.

그랬는데… 조휘가 있던 거다.

'가장 만나고 싶었지만, 제일 만나기 싫었는데…….'

그녀의 마음엔 이런 이중적인 마음이 있었다.

그래서 그 순간부터 머릿속이 뒤죽박죽 실타래처럼 꼬여버렸다. 조휘가 좀 전에 한 질문도 사실 제대로 귀에 들어오질 않았다.

부정확하게 이해됐고, 지금은 다 까먹어버렸다. 지금 이 순간 머릿속을 잠식하고 있는 생각은 자신의 얼굴을 지금 조휘가 '어떤' 심정으로 보고 있을까, 이게 전부였다.

다른 마음은 정말 콩알만큼도 지분을 차지하지 못했다.

그 생각 때문에, 그런 걱정 때문에 몸이 덜덜 떨리는 걸 주먹을 쥐고 겨우 참고 있지만 사실 그것도 이미 조휘는 전부 보고 있었다.

"뭐가 무섭습니까?"

"……."

흠칫!

그 떨림을 보는 조휘도 지금 심경이 복잡했다.

뢰주 상단, 그러니까 서문영의 부친이 운영하는 뢰주 상단은 지금 황실과 아주 단단히 척을 진 상태였다.

그건 이화매의 제안을 받아들인 순간부터 정해졌다. 그러니 서문영이 저 흉터도, 혹시 황실 기관이나 군부의 짓이 아닌가 싶었다. 그렇다면 큰 문제가 된다. 오홍련이라는 곳에 적을 뒀단 이유로 목숨의 위협을 받는다? 이건 절대 쉽게 넘어갈 일이 아니었다. 이전엔 볼의 검상으로 끝났지만, 다음엔 옆구리, 또 그다음엔 목이 떨어지는 수가 있었다. 두 번째는 건너뛰고, 세 번째로 바로 들어갈 수도 있었고.

자신이야, 어차피 황실과는 이젠 한 하늘을 이고는 절대 못 사는 입장이다. 적무영 그 새끼가 금의위를 접수했고, 연 백호의 복수도 동창의 최고위 줄과 관련이 있을 거라 생각하고 있었다. 이런 상황이니 어찌 한 하늘을 이고 살 수 있겠나.

그렇게 살라고 하면?

그것밖에 방법이 없다면?

차라리 접시 물에 코를 박고 자살할 인간이 바로 조휘다. 장산도, 위지룡도 그렇다. 은여령? 그녀는 자신만큼이나 복수를 하고 싶어 한다. 그것 때문에 조휘의 옆에 찰싹 붙어 있었다. 이화매는? 말할 것도 없다.

현 황실을 엎어버리고 싶은 사람 일 위가 그녀다.

근데 서문영은 아니지 않나.

게다가 그녀는 아직 오홍련의 일을 감당하기에는 정신적으로 부족하다. 육체적으로는 더욱 부족하다. 솔직히 지금 오홍련과 황실의 전쟁은 초기 단계다. 서로 간만 보는 그런 상태란 거다. 근데도 이 정도다.

그럼 만약 심화 단계로 가면? 뇌주 상단이 버틸 수 있을까? 솔직히 상단주 서윤걸은 올곧은 이다. 그는 버틸 수 있다. 하지만 지금의 서문영은 못 버틴다. 그건 조휘가 장담할 수 있었다.

지금만 해도 그렇다.

하아.

서문영이 입을 닫고 있으니 대화가 진전이 없었다. 그렇다고 몰아세울 수도 없는 상황. 결국엔 설득이다. 이번 서문영의 일은 진상을 확인해야 할 필요가 있는 일이었기 때문에 그녀가 말하기 싫다 해도 어쩔 수 없었다.

"힘들다는 거 압니다. 하지만 서 부단주님, 당신에게 있었던 일은 우리가 꼭 알아야 됩니다. 단순한 적대 세력에 의한 기습인지, 아니면 황실 세력에 의한 기습인지, 그걸 알아야 우리가 대처를 할 수 있습니다."

"……."

"게다가 이제 기습이 시작됐다는 건, 어쩌면 경고 같은 의미로 받아들여야 됩니다. 지금은 볼이다. 하지만 다음엔 목이다. 이런 의미의 경고 말입니다. 그러니 무슨 일이 있었는지 알려주십시오."

"그런… 가요."

서문영이 뭔가 허탈한 어조로 답했다. 고개가 올라오고 면사 속 시선이 조휘에게 닿았다. 꾸욱, 탁자 밑으로 쥐고 있던 주먹에 힘이 더해지면서 다시 상반신이 바르르 떨렸다. 사르르, 주먹을 펴고 쓰고 있던 면사를 벗는 서문영.

하얗게 센 흉터 자국이 눈에 바로 들어왔다.

"그렇습니다. 그러니 무슨 일이 있었는지 말해주십시오."

"네, 네……. 말해줘야지요."

면사를 꼼지락거리던 서문영의 입에서 전말이 흘러나왔다.

힘이 없고, 어딘가 슬프고, 허탈한 목소리만이 한동안 조휘의 막사를 울렸다.

* * *

서문영이 돌아가고 조휘는 자리를 파했다. 은여령도 돌아갔고, 장산과 위지룡도 자신들의 막사로 돌아갔다. 해는 이미 졌고, 구석구석 켜 있는 등잔에 비친 조휘의 얼굴은 꽤나 어두웠다.

후우, 한숨까지 나온다. 근심이 가득한 표정이다.

서문영의 말을 종합해 보면 이번엔 경고였다. 골목에서 튀어나오며 단숨에 접근하는 것까지 성공해 놓고 볼만 그어버렸을 가능성은 거의 없었다. 만약 전문가라면, 그 경우는 딱 하나다.

경고.

뢰주 상단과 오홍련에 보내는 경고.

확실히 그냥 지나칠 일은 아니었다.

만약 경고가 아니었다면? 서문영은 무조건 죽었다. 그건 십할 이상 장담할 수 있었다. 천운으로 산 게 아니라 경고였기 때문에 살았다는 거다. 그렇기 때문에 지금 조휘의 심정은 복잡했다.

마음 같아서는 서문영에게 오홍련과 관련된 일에서 손을 떼라고 하고 싶었다. 하지만 무슨 자격으로 그런 말을 할 수 있을까?

친분 관계로 따지면 조악한 친분 중 가장 두터운 게 이 중 하나인 건 맞다. 하지만 그게 전부였다. 그걸로 서문영을 말리기에는 턱도 없이 부족했다.

각자의 신념이 있다. 조휘에게 복수가 신념이라면, 서문영에게는 오홍련이 신념이다. 이화매처럼 백성을 돕는 그런 일을 하는 게 서문영의 목표라는 소리다.

그리고 그걸 위해 지금 이렇게 열심히 상단 일을 하는 거고.

그런 그녀가 지금까지 해온 일을 강제로 멈추게 하면? 인형이 될 것이다. 영혼이 없는 인형. 그건 조휘도 마찬가지니 잘 알 수 있었다.

마음이 한 번 심란해지니 진정이 안 됐다.

게다가… 조휘는 알고 있었다.

서문영이 자신을 생각하는 마음.

마지막에 설명할 때는 축 처진, 허탈하고 슬픈 목소리였다. 아마 자신에게 생긴 '일'보다 자신이라는 존재 자체를 걱정해 줬으면 할 것이다.

자신이 당한 암습보다,

암습에 당한 자신을.

미묘하게 달랐지만 지금 서문영에게는 매우 커다란 차이일 것이다. 조휘도 그걸 알고 있었다. 바보가 아니기 때문에, 둔감한 성격이 아니기 때문에 알 수 있었다. 그렇지만 그걸 들어줄 수는 없었다.

냉정해야 된다.

신중해야 된다.

감정과 감정을 나누는 것은.

연 백호가 죽고, 마(魔)에 점령당해 이화매까지 막 공격했던 조휘다. 감정을 나눈 사람에게 무슨 일이 생긴다면, 정말 참지 못한다. 게다가 조휘는 지금 집중 감시를 받는 입장. 서문영은 그런 조휘에게 약점이 될 수도 있는 존재다. 그래서 받아들여서는 안 된다는 마음은 지금도 굳건했다.

만약 들어선다면? 그게 알려진다면?

서문영은 그 순간부터 조휘의 역린이 되어, 동창이나 서창의 집요한 공격에 시달릴 것이다. 그렇게 만드느니, 아예 그럴 일 자체를 없애는 게 최선이었다.

"하지만 이번엔 너무 심했나……."

막사에서 나가기 전 서문영의 눈빛이 떠올랐다.

텅 빈, 정말 텅텅 비어버린 눈빛.

"후우……."

답답한 마음에 한숨을 내쉬는 조휘.

이내 도를 챙겨 일어났다.

달빛에 체조라도 한바탕 하지 않으면 이 답답함이 가시질 않을 것 같아서였다. 밖으로 나와 원륭이 알려 준 장소로 가 보니, 웬걸, 서문영이 떡하니 기다리고 있었다.

"……."

"……."

인기척에 고개를 돌린 그녀와 딱 마주치는 눈빛.

또르르.

그녀는 울고 있었다.

"아……."

스륵.

정신을 차리고 얼른 소매로 눈물을 닦아내는 그녀. 서둘러 자리를 벗어나려는지 면사를 챙겨 쓰고 등을 돌렸다.

허둥지둥하는 그 모습에 조휘는 저도 모르게 한숨을 내쉬었다. 서문영 때문에 칼을 휘두르러 나왔는데, 하필이면 그 답답함의 근원을 만나 버렸다. 어떻게 이렇게 운도 없는지. 그 때문에 나온 한숨이었다.

슥.

조휘를 스쳐 지나가는 서문영.

전혀 서문영답지 않은 행동, 모습이었지만 조휘는 잡지 않았다. 잡아서 해줄 말도 없었다. 이 애매한 상황은 조휘도 어떻게 대처해야 할지 몰랐다. 하지만 조휘가 잡지도 않았는데 서문영이 멈췄다.

"이럴 땐……."

"……."

"좀 잡아줘도 되잖아요."

"……."

절로 한숨이 나오는 말이었다.

천방지축이었던 예전 모습이 살짝은 들어가 있는 말이었다. 도대체 이 상황에 저게 무슨 말이지? 조휘의 침묵은 어이없음에 기인한 것이었다. 뒤돌아선 서문영은 조휘를 똑바로 바라보고 섰다.

대화할 생각이 든 걸까?

조휘도 서문영을 마주보고 섰다.

"……"

"……"

대화는 먼저 걸어놓고 서문영은 또 머뭇거렸다. 조휘도 먼저 말을 꺼내지 않았다.

남녀 간의 정이라, 조휘에게는 너무나 동떨어진 단어였다. 알고 있었다고 해도 지난 십 수 년의 삶은 알고 있던 것들도 모두 잊게 만들고 남았다.

이런 상황 또한 처음이었다.

제대로 철이 들고 난 무렵부터는 사람 죽이는 데 모든 생각을 할애했었다. 어떻게 해야 최소한의 힘을 써서 왜구를 썰어버릴 수 있을까. 그런 것들만 생각했었다.

그런 조휘에게 서문영이 이렇게 훅 치고 들어온다고 해도 어떻게 받아줄 수도 없는 노릇이고, 큰 반응을 기대하는 것도 힘든 상황이란 거다.

"왜 아무런 말도 안 해요?"

그게 답답해서였을까?

서문영이 먼저 본론을 꺼냈다.

그녀의 목소리는 좀 진정이 되어 있었다. 아주 잠깐 동안 뭔가 그녀 스스로 결정을 한 것 같았다.

물론 그렇다고 완전히 예전으로 돌아간 건 아니었다. 아까 막사에서 말할 때보다는 낫다는 말이었다.

"할 애기가 없습니다."

"그래요, 그런가요."

"……"

"괜히 잡았네요."

서문영은 다시 천천히 등을 돌렸다.

조휘는 솔직히 알고 있었다. 그녀에게 힘이 될 만한 단어 몇 개는 떠올랐다. 그 정도까지는 가능하다. 하지만 그걸 입 밖으로 꺼내진 않았다. 아주 작은 희망도 솔직히 말해 서문영에게는 고문이 될 테니까.

그녀는 그길로 공터를 벗어났다.

조휘도 그녀의 등에서 이미 시선을 떼고 원하던 곳에 가서 섰다. 나지막한 언덕인데, 여기서는 삼아의 전경이 보인다.

간간이 불이 켜져 있는 어둠 속의 삼아를 보면서 조휘는 한숨을 작게 내쉬었다.

후우…….

"씨발……."

그 뒤로 다시 욕이 거칠게 훅 튀어나왔다.

서문영이 완전히 사라지고 나자 답답하던 감정은 짜증으로 변해버렸다. 이번엔 조휘도 먼지 모를 감정이 기름 뿌린 장작에 불을 던진 것처럼 타올랐다. 걷잡을 수 없을 정도로 화르르 타오르는 짜증이 조휘의 심정을 점점 날카롭게 만들어갔다. 서문영이 마지막에 한 날 선 말 때문일까?

근데 그 정도야 뭐, 그냥 우습다.

그것보다 더한 욕과 원망 가득한 말을 무수히 많이 들었으니까.

피눈물을 흘리며, 처절하게 울부짖으며, 피거품을 토해내며 '마도' 하나에게 쏟아부은 원성은 셀 수 없을 정도로 많다.

그러니까 그건 별것 아니었다. 아니, 아니었어야 했다.

그런데 이상하게도 그 말은 가슴에 박혀 남아 있었다.

"괜히 잡았다고? 씨발, 장난치나……."

그래서 이상하게 화가 났다. 육성으로 욕설을 내뱉을 정도로. 왜 그런 눈빛으로, 그런 어조로, 그런 원망을 들었어야 하는지 이해가 안 갔으니까. 조휘 스스로는 모르겠지만, 경험하지 못했던 상황에서 오는 감정의 여파였다.

스르릉.

풍신을 꺼내 드는 조휘.

답답함이 짜증, 짜증에서 다시 분노까지 올라가 버려 속에서는 지금 거대한 불덩이 하나가 타들어 가고 있었다.

진화 작업을 해야 할 때였다.

이럴 때 가장 좋은 건 역시 무아지경으로, 무념무상으로 칼을 마구잡이로 휘두르는 게 최고다. 타격대에 있을 시절에도 숨이 턱 끝까지 차오를 때까지 풍신을 휘두르다 보면 웬만한 상념, 분노는 전부 진화가 됐으니까.

부웅!

풍신이 어둠을 쩍 갈랐다. 귀기가 서렸다 할 정도의 궤적이 조휘의 눈앞의 어둠을 갈랐지만, 당연하게도 변하는 건 아무것도 없었다. 그렇게 조휘의 미친 칼춤이 시작됐다. 공격, 방어를 생각한 움직임이 아니었다.

말 그대로 그냥 칼춤.

육체를 극한까지 혹사시키는 칼춤이다.

그냥 손발 가는 대로 막 휘두르고 본다는 소리다.

중요한 건 딱 하나, 힘들면 된다.

그냥 호흡이고 나발이고 풍신을 막 휘둘러서 근육이 고통을 호소하고, 폐가 죽겠다고 아우성만 쳐주면 되는 거다.

붕!

부웅!

그러니 칼을 휘두르는데도 몽둥이를 휘두르는 소리가 났다. 그리고 그 소리는 한동안 계속됐다.

반각, 일각, 이각.

결국 반 시진이 되어서야 움직임을 멈추는 조휘.

후우, 후우우.

거친 숨소리가 터져 나왔다.

마지막에 생각한 단어 하나.

무시.

이제부터 조휘가 서문영을 대할 자세를 대변하는 단어였다.

"……."

그리고 그런 조휘를 멀리서 지켜보는 '여인'이 있었다.

조휘의 호위.

은여령이었다.

달빛이 가진 마력 때문인가?

'세 사람'의 감정이 갈피를 못 잡고 풍랑 앞의 조각배처럼 흔들리기 시작했다.

*　　*　　*

이화매는 딱 원륭이 말한 십 일에서 하루가 지나고 삼아에

도착했다.

일 함대 전체가 호위하고 있는 상선들은 전부 푹 가라앉아 있었는데, 얼마나 무기를 많이 실었는지 감도 안 잡혔다. 게다가 상선의 수만 해도 총 백여 척에 육박했다.

저기에 전부 총을 실고 있다면?

못해도 만 단위 이상의 총병을 육성할 수 있을 것이다. 하지만 총은 아닐 거라고 생각했다. 오홍련에는 자체 개발부가 있었고, 돈을 진짜 퍼붓고 있는 만큼 성과도 나오고 있었다. 듣기로는 이미 왜놈들이 쓰던 총보다 훨씬 개량된 총의 시제품도 나왔다고 한다. 그렇다면 일 년 안에 자체 제작이 가능해질 테니 총을 저리 많이 싣고 오지는 않았을 것이다. 그럼 대체 뭘 거래한 걸까?

궁금증은 이화매가 씻고 나온 뒤 조휘를 불렀을 때 해결이 됐다.

"저거 다 포와 포탄이야."

"포와 포탄?"

"그래, 물론 배에 장착할 건 아니야. 현재 수군의 전력은 충분하니까. 저건 전부 육지전에서 쓸 이동형 포문과 포탄들이야."

"아아……."

이동형 포문.

포의 양쪽에 바퀴를 단 다음, 말에 매달아 운송이 용이하게 한 포다. 그렇게 개량된 포는 공성전은 물론 크고 작은 전투에 아주 유용하게 쓰인다.

그 옛날 투석기처럼 적의 전열을 박살 내고, 사기를 뚝 꺾어버리는 데 아주 최고다. 게다가 아마 포탄도 해상전에서 쓰는 포탄들과 비슷한 종류일 것이다.

특히 화염탄, 진천뢰의 일종으로 불씨를 최대한 넓게 뿌려 인명 살상에 특화된 포탄.

"이번엔 재미있는 놈도 들여왔지. 아마 나중에 보면 재미있을 거야. 후후."

"……."

이화매는 재미있다고 하지만 실제로 그 포탄이 터지면 끔찍하고 잔인하면 잔인했지, 그다지 재미있는 일은 벌어지지 않을 거다.

"그보다 별일 없었나?"

"네, 이렇다 할 일은 없었습니다."

"그래, 고생했어. 역시 멋지게 부탁한 일을 해결해 줬네."

"별말을요."

어차피 서로 궁극적인 목표가 같으니 서로 돕고 있는 거다. 조휘는 거대한 판을 만들 이화매의 조력자가 되어 주고, 이화매는 그 거대한 판 속에서 조휘가 원하는 두 개의 목표가 이루어지도록 도와주고.

딱 서로 이해관계가 일치한다.

"후후. 여전히 멋없기는. 그보다 조현승은?"

"근처 숙소에 있을 겁니다. 데리고 오겠습니다."

뒤에 서 있던 양희은의 말에 이화매는 바로 손을 저었다.

"아니, 됐어. 나중에 저녁에 따로 불러서 얘기하지, 뭐. 지금은 좀 쉬고 싶다고. 역시 나이는 못 속여. 이제는 배를 일주일

이상 타면 삭신이 쑤신다니까. 에고고……."

피식.

여기저기서 피식거리는 소리가 들려왔다.

천하의 이화매가 배를 일주일 이상 타면 삭신이 쑤신다고? 지나가던 개도 웃지 않을 소리였고, 그렇기 때문에 다들 실없는 웃음을 흘린 것이다.

만약 정말 그렇다면 양희은은 뭐가 되나? 그의 나이는 이제 칠순을 바라볼 정도인데 말이다.

"북경은 어떻습니까?"

이화매의 농으로 인한 작은 소란이 가라앉고 나서 나온 조휘의 질문이었다. 북경, 참 많은 것을 포함한 단어다. 한 나라의 수도를 지칭하는 단어지만, 조휘가 원하는 건 수도의 안위가 아니었다.

"기절할 만한 상황이지."

"자세한 얘기를 듣고 싶습니다."

조휘의 상체가 앞으로 나왔다.

물론 다리를 꼬고 편한 자세로 앉아 있던 이화매도 자세를 바로 했다. 눈빛도 변해 있었다. 그녀 특유의 나른하던 눈빛은 내면으로 잠시 들어가고, 조소와 한기가 한데 어우러진 눈빛이 툭 튀어나왔다.

"자세하게 얘기하자면 너무 길어. 그러니 간략하게 설명하자면… 북경은 지금 지옥이다. 하루에도 수십의 목이 역모라는 이름하에 떨어져 동서남북 할 것 없이 마구잡이로 널리고 있다. 그게 끝? 아니지. 눈에 불을 켜고 어디 역모를 뒤집어씌울 놈이 없나, 서로 이리처럼 물어뜯고 있는 상황이지. 조정이 이럴진대, 백성의 삶이라고 평안하겠어?"

"음……."

저게 진짜라면 진짜 최악인 거다.

"매일 밤 북경 곳곳에서 불길이 치솟는 건 아주 예사고, 늦은 밤 돌아다니다 걸리기라도 하면 치도곤을 당하는 것도 예사지. 덕분에 항주와 소주 다음으로 많다는 북경의 홍등가는 지금 벌레만 날아다닐 정도야. 어때, 이 정도면 아주 지랄이지?"

"네. 전부 그 새끼 짓입니까?"

"조사해 보라고 시켰는데 아직 답은 안 왔어. 하지만 주익균 그놈이 아무리 미쳤어도 이 정도는 아니었거든?"

"그 새끼 짓이군요."

"그렇다고 봐야지."

적무영.

이름 그대로 움직이는 희대의 마물.

그놈에게는 미치광이 살인마라는 말도 부족하다.

살귀? 그 단어도 적무영을 표현하긴 역부족이다.

놈은 마물이다.

애초에 인간이 아닌, 삿되고 삿된 마물 새끼다. 여성의 배에서 잉태된 마물이 아니라, 사기로 가득한 알을 깨고 난 사악한 마물. 조휘가 생각하는 적무영은 그런 놈이다.

"하지만 마도 니가 보고 했던 대로라면, 이것도 전부는 아니겠지. 단지 지금은 그냥 자리 잡기 정도나 될까?"

"아마 그럴 겁니다. 놈은… 그 옛날 흉포했던 그 어떤 왕보다도 더욱 미쳤으니까요."

"쯧, 주익균 그 새끼가 문제가 아니었군. 어쨌든 그럼 아직 시간은 있다는 거니 우리도 빨리 준비를 해야겠어."

"……."

준비란 말에 조휘는 입을 닫고 이화매를 바라봤다. 그녀의 눈이 좀 더 칙칙하게 가라앉아 있었다.

"다음 임무를 주지. 이번에는 넉넉할 거야. 그저 서신 한 장만 전해주면 되니."

"서신 말입니까?"

"그래, 여기 이거."

이화매는 품에서 오홍련의 직인이 찍힌 서신 한 장을 꺼냈다. 조휘는 잠깐 그걸 보다가 받아 품에 넣었다.

"어디로 전합니까?"

"비천성."

다음 임무와 목적지가 정해졌다.

『마도 진조휘』 7권에 계속…